我们 都一样
年轻 又彷徨

苑子文
苑子豪 著

YOUNG

HESITANT

北京联合出版公司
Beijing United Publishing Co.,Ltd.

图书在版编目（CIP）数据

我们都一样，年轻又彷徨 / 苑子文，苑子豪著 . —
北京：北京联合出版公司，2019.10
ISBN 978-7-5596-3737-6

Ⅰ . ①我… Ⅱ . ①苑… ②苑… Ⅲ . ①长篇小说—中国—当代 Ⅳ . ① I247.5

中国版本图书馆 CIP 数据核字（2019）第 203117 号

我们都一样，年轻又彷徨

作　　者：苑子文　苑子豪
责任编辑：龚　将　夏应鹏

北京联合出版公司出版
（北京市西城区德外大街 83 号楼 9 层　100088）
雅迪云印（天津）科技有限公司印刷　新华书店经销
字数：150 千字　880mm×1230mm　1/32　印张：8.5
2019 年 10 月第 1 版　2019 年 10 月第 1 次印刷
ISBN 978-7-5596-3737-6
定价：46.80 元

未经许可，不得以任何方式复制或抄袭本书部分或全部内容
版权所有，侵权必究
如发现图书质量问题，可联系调换。质量投诉电话：010-82069336

新版前言

写在五年后：
我们都曾是不完美的小孩

by 苑子豪

　　五年前，带着我很多的未知与好奇，这本书出版了。

　　前些天，负责这本书的编辑发微信给我，说当初的原稿已经发送到我的邮箱，可以进行内文的修改工作。她顺便调侃说，找人对照原书一个字一个字打下来，可真的是一个浩大的工程——由于隔的时间实在太长，前几年又丢过电脑，所以这本书第一版的电子稿全都不见了。

　　我的第一反应是，原来时间过去了如此之久，又如此之快，五年前的光景竟一时间模糊了许多。虽然不能说物是人非，可毕竟很多当初的存留都渐渐被时间的风侵蚀掉了。

　　我打开邮箱，翻出稿件并点了下载，读了其中的一篇，随即发微信给我的编辑——请核对清楚，并发给我完整稿件，不要发我残缺版本，谢啦！

编辑答复，这就是我原书的稿件，完整无误，他们已经核对了两次才发送给我的。

我愣住了，放下手机，飞奔到卧室的抽屉里翻出来一本当年出版的实体书，找到刚刚我读过的那一篇，对照了一下。

果然，那就是完整版。

一时间我又恍惚了，原来五年前的我，写了这样的文字。

它们幼稚、青涩、肆意，断断续续的。它们像不完美的小孩，像雨天溅在裤腿上的泥点，像没有烧到沸腾的热水。我为此感到羞愧，并自我嫌弃。

毕竟它们是如此稚嫩。

可它们却又那么真挚。

是啊，用五年后的眼光去看当年的自己，这难免有些不公平。其实不仅是我五年前的文字不完美，仔细想来，五年前的我自己也是如此不完美。

我们都曾是不完美的小孩，我们都曾在年轻的时候彷徨过。

关于普通又平凡

刚写这本书的时候，我正在北大读本科二年级。

那年我在学校住宿，和三个来自天南地北的室友过着普通又平凡的大学生活。晚上熄灯后我们畅快地聊天，讲奇异的鬼故事、谈高中的往事、说未来的理想，直到四个人的声音慢慢变成两个人的鼾声，最后，轻轻地互道一声晚安，都去拥抱月光。早上想赖床不起，可愿意为了松林包子铺的生煎包，彼此打个气，起床。偶尔上早上八点的课，烦得想把这个世界炸了，后悔前一晚不该聊那么久。

我厌恶上计算机课，考试成绩里计算机总是很差很差，我很难找到原因，或许这个世界上很多事本来就很难做到；我厌恶上体育课，可能是因为小时候过胖留下了心理阴影，只要和跑步、体能有关的事情，我都会觉得很自卑，虽然我其实并不需要如此；我厌恶去拥挤的农园食堂吃饭，吵闹声总让我觉得不适，我希望离一切热闹远远的，我甚至怀疑过自己是不是性格孤僻……

我是一个普通又平凡的男孩，过着无聊又平静的生活。我谈了一场无疾而终的校园恋爱，晚上偷偷牵着她的手，在校园里走，走向学校的北面，走过未名湖，走到无人的亭子里。就那样抱着她，岁月静好，时间为我们驻足停留，连月亮都怕我们冷，于是洒下光的衣服，披在我们身上。

到底什么是普通又平凡呢？大概是常有自卑和烦恼。

我讨厌去拿快递，在满地的快递里一个一个去翻找。有次我去找快递，却怎么也找不到，最终在旁边的废弃纸箱堆里发现的。快递员向我连声道歉，我低着声音说"不必不必"，心里想着，我的生活如同这个快递盒一样，渺小又不易被发现。

少有特长的我，很难被同学们发现。新生晚会和一系列迎新活动上，会唱歌的男孩很多，会跳舞的男孩很多，英语很好、发音很准的男孩很多，来自北上广大城市的男孩很多，我介绍自己的时候，只会说"大家好，我来自北京旁边的一个城市"。

除却以上这些，我还有很多不起眼的地方，比如运动会上、体育赛事上，基本上我们学院的男孩都会打个篮球，或者踢个足球，而我什么也不会。想着想着，就又想起高中的时候，为了学习成绩能比别人好一点，在体育课上偷偷躲到无人能发现的楼里，鬼鬼祟祟地学习，一点也不光明正大。

记得我们学院有次举办羽毛球比赛，我犹豫来犹豫去还是报名参加了，因为小时候学过羽毛球，还算有一些基础。可报名参加比赛的同学都是会打球的高手，我既不是男单的主力，也不是男双的主力，只好参加混双。

我的搭档是一位体育特长生，是我师姐，在学校羽毛球队算是很有名的人物了。比赛中遇到的对手基本上都怕她，因为她比正常男生都要高，体重也要重一些，是扎扎实实的运动员身材，杀起球来，凶到对方不敢接。

轮到我上场，学姐给我打气，跟我说别紧张，可是第一个球我就没接到，虽然挥了拍，却没有碰到球。第二球，发给师姐，师姐扣杀得分。第三个球，师姐发球得分。第四个球，师姐发球得分……

一局下来，我有四个球没有接到，所得的21分中我只贡献了3分。我清晰地听到了，当我挥了拍却没有碰到球时，场边上的人稀稀落落的笑声。

那一刻我觉得自己确实挺失败的，连个球也接不到，还不如身边的学姐得分多。可是仔细想了想，我好像确实十分渺小。

我有很多做不到的事情，得不到的感情，实现不了的愿望，可仔细想想，这是这个世界上大多数人的常态。学会接纳自己的不完美，并不是一件多么值得表扬的事情，而是我们成长过程中的一门必修课。

关于迷茫又彷徨

如上状态的改变，大概就是这本书的到来了。可以说这本书改变了我，改变了当时和后来的我。

当时我读大二，努力地参加学生会，努力地攻读第二学位经济学，努力地参加各种各样的活动，努力地谈恋爱和周末逃回家。我和大多数大学生一样，并没有像高中时期待的那样拥有轻松的大学生活，而是一直在复杂的世界里挣扎着。

其实劳累是次要的，最可怕的是迷茫，根本找不到未来的方向。

我学的是国际政治，每当有人问我未来是否要从事外交工作的时候，我都会和提问者一样，充满疑惑地作答——"好像我们学院很少有人去做外交官"。接下来,就又会被问到:那你学这个专业做什么?那你将来想做什么?那你能做什么?

后来为了逃避这些问题,我直接在面对第一个问题时就给对方以肯定的答案,这样就结束了。然而我知道,对方的问题少了,我的问题却变多了,我丝毫没有停止对自己的拷问——不仅没有变得轻松,反而更严苛地逼问自己——我的未来在哪里?

于是我拼命地让自己变得更好:参加学生会时就竞选学生会主席,拿"三好学生""五四标兵"奖,考个好成绩争取拿到奖学金,攻读第二学位,参加实践团去外面的世界看看……

然而我发现,我只是在漫无目的地努力,比起那些目标明确的同学,我就像一只迷路的鸟,到处乱飞。

我真的了解自己吗?我真的清楚自己想要什么吗?

在大学的这些迷茫日子里,我从没想过有一天自己会因为一件小小的事情而变得与众不同,这可能真的是命运最神奇伟大的地方了。

刚进大学的时候,我出版了一本书,叫作《愿我的世界总有你二分之一》。由于是新人,因此我的稿酬待遇非常差,每卖出一本三十多块钱的书,我只能赚到一块八的稿费。签合同的时候,我的保底印数是八千册,谁也没预想过加印的事情。第一次签售会,我坐着地铁去活动现场,没想到来了很多人,有些人甚至在地铁里就把我堵住了。去外地参加读者见面会的时候,偶尔住得很差,我几乎整晚都睡不着。那时候哪有化妆师,我都是到附近的发廊,让理发师做一个一点也不好看的发型。我被主办方要求录各种各样的视频,包括婚礼祝福;被要求在我的分享会里加很多他们的流程,比如店庆和开业仪式……

后来有一天,一位编辑在微博上给我发了私信,说想约我出书,并且说她所在的公司实力强大,会帮助我打开一扇写作世界的大门。

我们约在了北大小西门外的 Zoo Coffee。我一生都难忘那个见面的时刻,我紧张得像个孩子,客客气气地看着坐在对面的编辑姐姐。她开口和我说的第一句话就是:"我有信心做好你的第二本书,也希望你能信任我。"

当时的我傻傻的,满脑子都是疑问,诸如:为什么我会被选中?这是真的吗?

人大抵是不自信的,不管你处在顺境还是逆境。

后来很顺利,我签约了,于是有了五年前的这本《我们都一样,年轻又彷徨》。现在的我成了一名青年作者,越来越有能力去维护自己的合理权益,也越来越受到大家的喜爱和最基本的尊重。

感谢那些迷茫日子里的隐忍,我知道每一个黑暗都在等待黎明的破晓。

关于失望又希望

  每个人都会有不那么自信的时候,坦白讲,过去的我就这样;每个人也都会有迷茫的时候,根本不了解自己,还要佯装坚强,五年前的我就这样;每个人更有感到失望和沮丧的时候,看不到光亮,身陷痛苦之地,我也曾如此。
  然而我们的生活,不只有失望,还绝对拥有希望。

  承蒙大家的支持和喜爱,这本《我们都一样,年轻又彷徨》已经出版了越南语版、韩语版,在海外发行,这是希望。
  我们的生活就是这样,糟糕和精彩并存,失望和希望交互,悲伤和快乐共生。当你明白这个真相的时候,你就会懂得,面对那些负面的情绪,你没有一点理由责备,而它如同正面的那些美好一样,有着存在的理由和意义。
  所以,当有人再错怪和误解我时,当我再遇到不喜欢的事情和人时,我会跟自己说,要平静,这是生活的常态。
  如何在迷茫里找到坚持下去的勇气,如何在困难时找到逆流而上的力量,如何在落败时找到不放弃的决心,这些才是我们活着的意义。

  面对这本即将再版的《我们都一样,年轻又彷徨》,坦白讲,我的内心是很复杂的，一方面，它的文字和故事、语言和构架确实是现在的我不怎么喜欢的，也一定会有读者买了不屑一看，甚至是充满鄙夷和嫌弃；另一方面，我又不想对内容做太多的修改，我尊重五年前的自己，所以总是小心翼翼，不敢去破坏它，不敢去弄伤它。它就像一只天真的瓶子，兀自编织着自己的小梦想，我根本不忍心去唤醒它。

是啊，它曾是那样不完美，也是那样赤裸裸，可我又何曾不是这样的呢？

甚至，更大的真相是，我们都曾是不完美的小孩。

但是亲爱的，请你相信我，过去的存在都是为了让未来更好，而正因为我们曾经不那么完美，才能奔去更远的地方。

愿这本书如此，愿我如此，愿你也如此。

一时之间，五年匆匆过去。过去就像碎了的纸片一样，轻薄、无情。然而我始终坚定地相信，我们都会好起来的，且会越来越好。

我们都一样，年轻又彷徨，可总有一天，我们都会站在最亮的地方，活成自己渴望的模样。

2019 年 8 月 2 日

PART

A

那些人教会我爱

Those people taught me how to love

01 - 愿你的夏天再没有痛哭流涕 - 005

02 - 学会接纳自己,才能刀枪不入 - 017

03 - 没有人能救你,除了你自己 - 029

04 - 世上只有哥哥好 - 039

05 - 那些你不珍惜的,老天自有另外的安排 - 049

06 - 人生八九不如意 - 059

07 - 总有一天会是明天,总有一刻会是到达 - 069

08 - 在我不懂爱的年龄遇见你 - 079

09 - 哪里来的永恒,世事皆短暂 - 091

10 - 来日方长 - 103

目录
CONTENTS

YUAN ZIHAO

目 录
CONTENTS

YUAN ZIWEN

PART

B

那 些 事
教 会
我 成 长

Those things taught me to grow up

01 - 人生总会有办法 - 119

02 - 都加油吧，谁也不能掉队啊 - 129

03 - 有弟的哥哥像块宝 - 137

04 - 不是没有挫折，而是一路都在认真选择 - 147

05 - 当你觉得熬不下去的时候 - 153

06 - 那些不太美好却又无比美好的旧时光 - 161

07 - 你听过一个快乐的咒语吗，叫"转念一想" - 169

08 - 你的生活里一定有这样的女汉子 - 179

09 - 活得热烈而恣意，才算真的活过 - 191

附记：尼泊尔治愈旅行日志 - 204

后记 - 246

新版后记 - 254

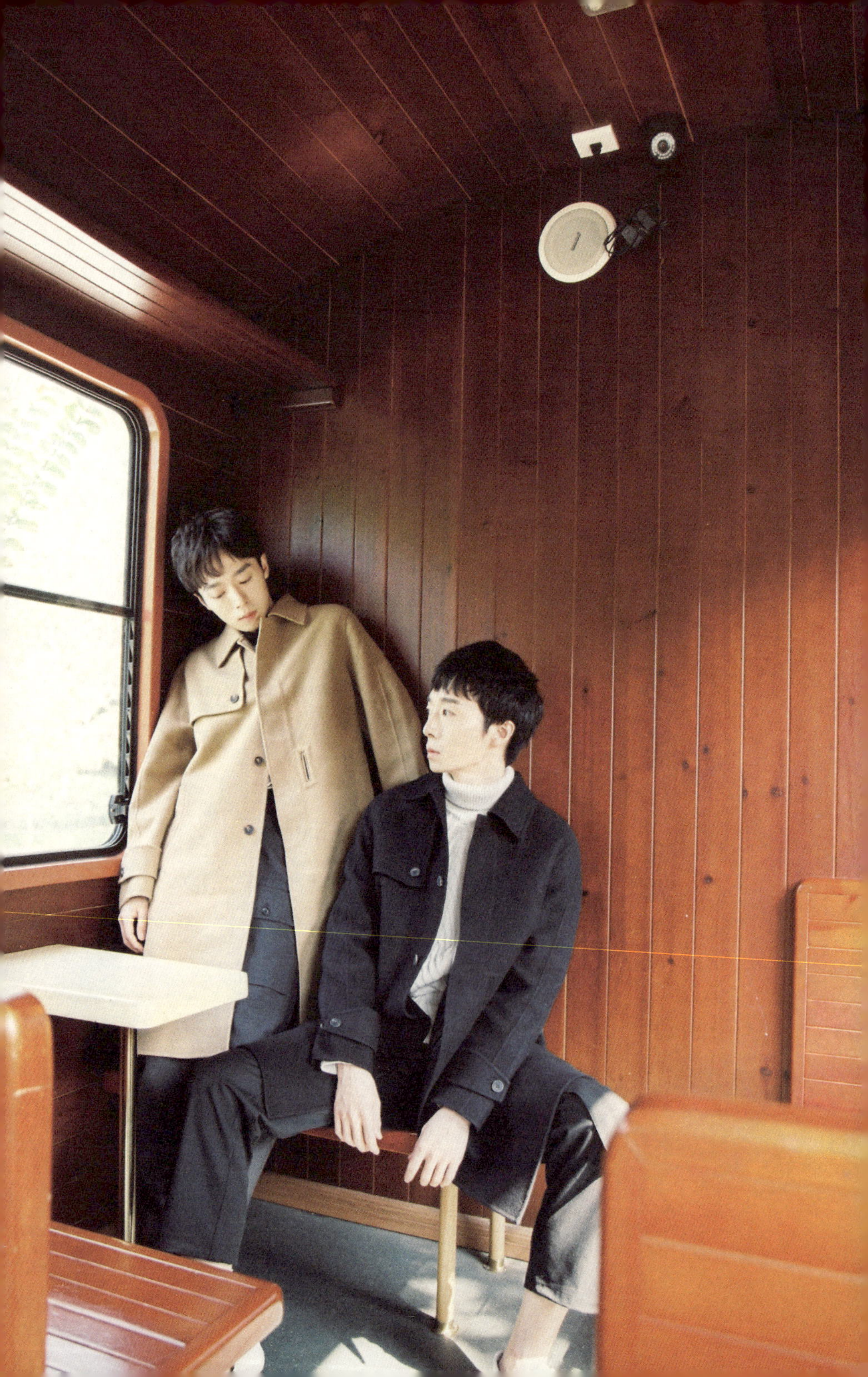

PART

A

那些人教会我爱

Those people
taught me
how to love

by 苑子豪

那时候你还年轻,以为你对别人好,别人就一定对你好;

以为只要努力,就一定会有收获;

以为牵手就是永远。

就是因为年轻,所有的悲伤和快乐都显得那么深刻,轻轻一碰就惊天动地。

时间在让你成长的同时,也让你看开了许多,没什么非你不可,

也没什么不可失去,尽管艰难,依然坚强。

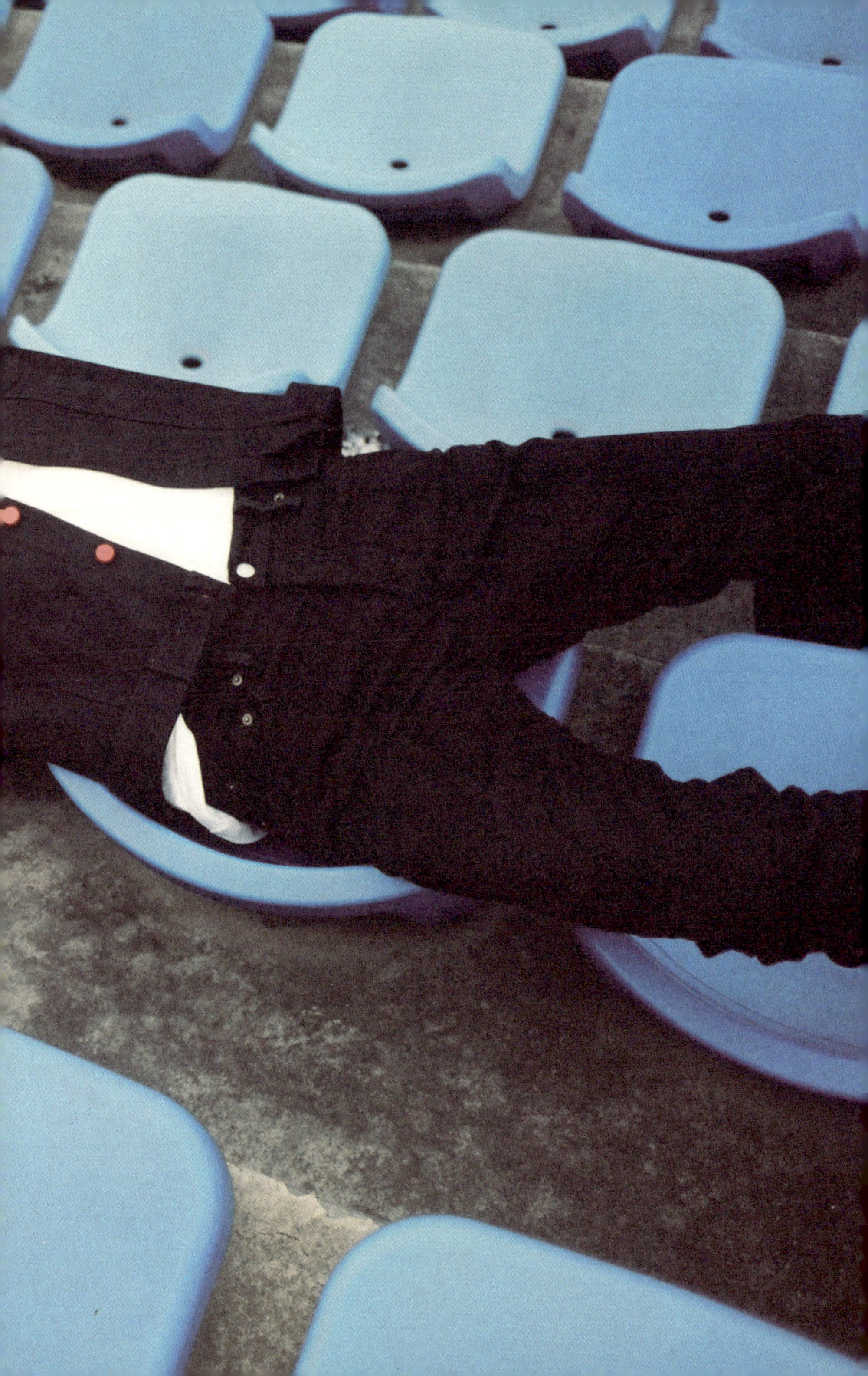

01

YUAN ZI HAO

PART A

愿你的夏天再没有痛哭流涕

耐心会耗尽,

爱情会疲倦,

永远很遥远。

你不珍惜那个人,

命运就会给他安排更好的人。

阿毕是一个爱把自己的事情说给周围朋友听的人，大大小小的聚会我都不爱叫上她，因为她只要喝多了就会胡乱讲话，最糟糕的是每次都要死死地拉着我，一边吐，一边给我讲她的故事。也就是我心软，其他阿毕小时候交的狐朋狗友见状都会躲到另一桌去，只剩下我和阿毕，深情地望着彼此。她吐，我哭。

以至于每次她把我的衬衣吐得不堪入目的时候，我都要问她："我长得就这么让你恶心吗？"

无论我坐得离她有多远，阿毕都会翻山越岭跨过一堆大腿揪住我的袖口，三秒钟内哭得眼泪鼻涕满脸都是。后来我问她，为什么满世界都是人，你偏偏要抓着我哭，难道我脑门儿上写着个"丧"字吗？阿毕说我总是陪着她哭，所以她觉得我肯定对她的感受理解得特透彻。

我真想拿把刀，然后奔向她。天知道每次吃饭别人都跟变漂亮了的女同学谈笑风生，我却只能死死地被她缠住；回家自己洗被她哭脏的衬衣时，还要泡上一碗面，我能不哭吗？

跟前男友交往的时候，阿毕因为担心他嫌弃自己是 B 罩杯而跟她分手，在第一次约会的时候竟然买来很多卫生纸塞到豹纹内衣里。她很确定两人吃烛光晚餐时他一直两眼放光地盯着自己看。

饭后两人在阴森的小树林里散步，因为是第一次和男生拥抱，阿毕竟然激动得忘记了卫生纸这件事。前男友把一大团揉在一起的卫生纸从她衣服里掏出来的时候，脸都气绿了。分手后阿毕哭了一个星期，身边朋友都断定她是一个傻子。

我安慰她说："如果你曾经像傻子一样对待一个人，那么总有一天也会有人像傻子一样对待你。"

我还说阿毕也一定会遇见一个傻子。

其实她的傻子来过，但是他走了。

阿毕那年才 18 岁，成绩平平，长相并不出众，身材更是糟糕透顶。不过她有一个同年级的男朋友，每天偷鸡摸狗一样地拉着阿毕的手躲校园里的摄像头，还硬要在没有摄像头的地方挺起腰板说"即使被摄像头照到了，老子也不怕"。

阿毕是一个懦弱的女孩，小时候害怕过马路，每次遇到红绿灯都要拽着奶奶的衣服。大了些，因为不留神踩死了一只毛毛虫而哭了一整个夏天，并且一个月没吃肉。她喜欢唱歌，但是从来不在别人面前唱，你要是逼她唱，她就哭得稀里哗啦的。她吃饭只吃自己面前的菜，在家里都不会站起来夹别人面前的。她爱读诗，但是即使语文老师把《静夜思》说成是杜甫的代表作，她也不敢吭声。

她就是那种最不起眼的女孩，不起眼到走在学校里你都不想多看她一眼。

阿毕从来不敢穿彩色的衣服，她的世界一直是黑白色的。我一直笃信这跟她的家庭有很大关系。从我记事起，阿毕就一直跟奶奶和爸爸住，她出生没多久爸妈就离婚了。阿毕爸爸是个酒鬼，每天醉醺醺的，有时候情绪上来了还会打阿毕。我住在她家隔壁，每次使劲儿探出头来听个一二。

我小时候就有英雄救美的倾向了，不过被西瓜强抢先了。

西瓜强一直顶着一头西瓜太郎似的头发，最要命的是他觉得自己是全小区里最帅的，这很明显是在侮辱我。

西瓜强每次都拿药给阿毕擦，还在背地里说："别让我碰见你爸那个浑蛋，不然我一定挡在你前面替你挨打！"

阿毕还配合着痛哭流涕，一边用手抹鼻涕一边说"你真好"，我站在旁边只想撞墙。

西瓜强喜欢阿毕六年，直到高考毕业才成功。并不是他专一，而是六年间追其他几个女孩都没成功，而恰巧阿毕答应了。

阿毕知道西瓜强谈不上专情，不过她从小就没有得到过关爱，所以当鲜花和每日的"早安""晚安"一并出现的时候，她就动摇了。在这一点上我是同情阿毕的，懦弱了十几年，最后得到的爱情却并不是最好的。

不过阿毕不在乎，有人能在过马路的时候牵着害怕的自己，能在夏天地上有很多毛毛虫的时候把她背起来，能给她夹别人面前的菜，能听她安安静静地唱歌，已经够她痛哭流涕好几个夏天了。

好像每个人的人生中都有一次遇上高品质备胎的机会，有人抓住了，成了人生赢家；有人错过了，继续跟一堆扶不上墙的烂泥搅和在一起。

阿毕的这个高品质备胎叫林晨。

林晨是我们全小区的骄傲，长得帅，学习好，高中毕业就考上了新加坡国立大学。他大我们四岁，小区里的孩子们都称他为"别人家的孩子"。这个根正苗红的祖国好少年，居然喜欢阿毕。我个人总结为：人啊，有得必有失。林晨是全身上下都配置顶级，但架不住眼神是硬伤。

林晨在大学里成绩非常好，拿了奖学金，有很多家公司向他伸出橄榄枝。我一度觉得这样的人物就应该活在报纸里，最好不要在现实生活中出现。

他回国休间隔年，我们刚刚高中毕业。

机智如我，一眼就看出了他喜欢阿毕。至于他为什么喜欢阿毕，我想了好几个晚上，头都想大了还是想不出来，最后勉为其难地归结为在国外生活四年后，审美趣味和价值观被颠覆了。

嗯，我想一定是这样的。

起初阿毕和大多数女孩子一样拒绝他，理由是她已经有男朋友了。不过林晨没有放弃，到底是在国外生活过几年的人，就是不一样。

他以意想不到的速度了解了阿毕的喜好，阿毕为西瓜强伤心，林晨就安慰她；阿毕闹情绪乱发脾气，林晨也不介意，除了哄，还是哄。

林晨知道阿毕一生气就喜欢吃东西，所以就买一大袋子零食，放在她面前，让她发泄。

"吃零食会胖的。"

"没事，你本来就不瘦。"

然后阿毕又是一通痛哭流涕。

晚上九点，阿毕点开QQ空间，发表了一条"我想吃杧果了"的说说，林晨就开着车满大街找还没关门的超市，然后将大大小小、青青黄黄的杧果都买来了。

林晨总是让人又惊又喜，措手不及。

早上林晨托我给阿毕带早饭，知道她从不吃早饭，于是就变换花样，每天的面包和牛奶都不重样。忘记说了，他给我的好处是在我妈面前夸我有潜力，以后一定是个天才。好笑的是，我妈一脸严肃地问他："天才不是应该天生就有才吗？他都这么大了怎么一点儿也看不出来？"

阿毕开始努力让自己讨厌林晨，但是她发现自己做不到。要知道，一个对自己如此好的人站在眼前，是会发光的呀。而且即便她嫌弃林晨，故意惹他生气，林晨也会迁就再迁就。有时候我觉得林晨可真厉害，优秀得简直无懈可击。

林晨知道她有男朋友，但是从来没说过让她离开她男朋友这样的话，他只是以自己的方式对阿毕好。

好到阿毕也不知道自己是不是喜欢上他了。

林晨回国后的第一个生日想要跟阿毕一起过，阿毕当天有事，却没拒绝他。林晨说他等阿毕，不过后来还是被放了鸽子。要是我，绝对疯了。穿着精心买来的新衣服，准备好礼物、音乐和晚餐，到头来却是一个人饿一天。

但是谁让他是林晨呢，他只会说没事。

后来阿毕说想给林晨补过一个生日，而且选了礼物要送给他，因为我们都知道林晨马上就要飞回学校参加公司的面试了。如果面试成功，他很可能留在新加坡工作，不回来了。可是那天阿毕的男朋友发疯一样地说："你要是敢给那个你口口声声喊哥哥的人过生日，我们就分手。"结果阿毕躲在家里痛哭流涕了一天。

这次林晨应该死心了吧。如果是我，干脆把礼物砸到阿毕脸上，然后扭头就走。不过林晨就是林晨，除了说没事，真的就只会说没事。

第三天林晨飞走了。我一度开玩笑说，他就像个鸟人。

不久以后，西瓜强最初喜欢的那个女孩和男朋友分手了，他可算有了可乘之机——他污蔑阿毕劈腿，然后跟阿毕分手，转天就和那个女孩走到了一起。

阿毕又是痛哭流涕，不过这次好像有些严重。

其实我是心疼阿毕的。这样一个懦弱的女孩，面对选择没有勇气，以为两个人在一起就是爱情，到头来被伤得遍体鳞伤。一个满身铠甲的人也会经受不住内心的伤痛，虽然林晨总是暖心地出现在她身边。

他给她打来电话："还有我呢，怕什么！等我吧。"

"等你，黄花菜都凉了。"

然后，阿毕又是一阵号啕大哭。

好像林晨就是阿毕的情感寄托所，在这段敏感脆弱的感情空窗期有个人陪伴，自残的时候被电话那头的人骂醒，没有动力的时候被一条QQ留言激励。慢慢地，她发现自己确实有些离不开林晨。

后来我们都以为真正的爱情该发光了。

但是阿毕每天跟林晨聊的内容都是这段感情造成的心理阴影，说西瓜强有多无耻、多浑蛋，说西瓜强给那个女生买的珍珠奶茶是自己以前最爱喝的，连给那个女生买的笔芯都跟她的是同款。她满腹牢骚地说自己不看好这段感情，他们一定会分手的。

要是我每天听到自己喜欢的人说着前任的事情，一定会让自己也成为她的前任的。

不过林晨就是林晨呀，他依然只会说："没事，没事，有我呢。"

后来林晨说还有一个月就要准备面试了，暂时不能像以前一样和她密切联系了，还说等工作确定后一定第一个打电话告诉她好消息，阿毕说好。

可这之后，林晨却没有再联系过她。

一个月后，阿毕要离开这座我们生活了很久的小城，去北京念大学了。临走前她给林晨打电话，他却挂掉了，后来再打，就变成了空号，他应该换了手机号码。

阿毕懂了，再后来他们就彻底没有联系了。

我想林晨是在用自己的方式去忘记一个不值得喜欢的人吧。

林晨走了以后，阿毕才发现自己有多么不舍，原来他真的走进了她心底最深处。他说一个月后再联系，可就是这一个月，一切都变了。

我如愿以偿考上了喜欢的大学，依然单身，在家时还是爱探出头听阿毕痛哭流涕，偶尔点开她的QQ空间看看。阿毕总是爱写说说，比代购还要勤快——

"当初他总说，他喜欢我是他的事情，我不喜欢他是我的事情，两者没有冲突，叫我不要有负担。他说总有一天我会明白该爱一个什么样的人。如今我终于明白了,但是晚了。"

"他曾经对我说,这是他最后一次这么认真地追一个女生。我何尝不是,读大学几年了,到现在我都没有再恋爱,也许是再也没有遇到像他一样的男生,也许是我再也不想恋爱了。"

"我总是不切实际地想,一切都会如我所愿。现在我发现,原来真的只是我想象得太美好。就像地图,我一眼就能望到它的全貌,可是我忽略了上面有多少个省份、多少个城市、多少个村庄。那里有多少条铁路纵横交错,有多少家灯火明明灭灭,有多少颗孤独的心静静破碎,我并不知道。我也终于明白,在北纬 40 度到北纬 2 度、东经 115 度到东经 103 度之间的城市还有很多。"

"我们在同一个时区,却有一辈子的时差。"

我到现在都保持着对阿毕的恐惧,只要是聚会的场合,我一定不和她同时出现。有时候趴在窗户前,看她在楼下怯怯懦懦地踮着脚走过那条爬满毛毛虫的路,心还是会一疼。每个夏天,我都是在她的痛哭流涕声中熬过来的,而慢慢长大后,她不是那么爱哭了,我倒有些不习惯了。

后来随着网络的发展,我们越来越少玩 QQ 空间,最后一次看到阿毕发布说说还是几年前。

她说:"那些年,你作,可劲儿作,一万次甩开伸过来的手,只因为永远有那么一个人惯着你,会赔着笑脸一万零一次地伸出手来。但是,你不知道,耐心会耗尽,爱情会疲倦,永远很遥远。你不珍惜那个人,命运就会给他安排更好的人。"

嗯,愿你我都有最好的安排。
嗯,懦弱的阿毕姑娘,愿你的夏天再没有痛哭流涕。

BGM_《被风吹过的夏天》

02

YUAN ZI HAO

PART A

学会接纳自己，
才能刀枪不入

这世上总会有一个人甘心抛弃万千世界，
留在你身边，
也总有一份简单粗暴的关怀和爱让你幸福。

"2014 年 3 月 29 日，天气晴，心情雨夹雪。"

负能量小姐在日记本上写下这段话。看似平常的少女款日记开头，然而如果你翻开前面厚厚的一沓，就会发现，大半本日记，天气阴晴不定，而心情那栏，永远都是雨、雪、冰雹、沙尘暴、龙卷风，还有雾霾。

她会因为朋友的一句话长吁短叹一个小时，会因为成绩差两分哭上整整一宿，会因为父母打电话不及时在朋友圈里写下"被全世界抛弃"这样的话。最可怕的一次，因为失恋，她开启祥林嫂模式，跟我们抱怨前男友整整一年。

所以，我们叫她"负能量小姐"。熟悉的人聚会很少再叫她，因为她的低气压能让一屋子的人心情低落，而她朋友圈里的絮絮叨叨下面，再也看不到大家的评论。偶尔说起她，我们只会感慨，当年多好的姑娘啊，现在怎么变成这个样子了呢？

当年多好的姑娘啊。

跟负能量小姐从小一起长大的人都知道,在那个小男生小女生情窦初开的年纪,她是扔进人群中会发光的姑娘。

清秀的长相,优异的成绩,初中时是学生会主席、辩论队队长,老师捧完家长宠。她是大家眼中实打实的小公主,偶尔的任性也被当成小女孩的娇嗔,不大不小的错误也都被大人们一个宽容的叹息一带而过。更让其他女生嫉妒的是,她是那种那些年所有男孩子一起追过的女生。

听说全校最受人欢迎的男孩子也喜欢负能量小姐,男孩子是风云人物,演讲比赛冠军、校篮球队主力,还偏偏有一张帅气阳光的脸。他们两个站在一起就很美好,其他女孩都一边恨得牙痒痒一边无奈地承认:也只有他们,才互相配得上吧。

所以,负能量小姐从小就顺风顺水,想要什么,从来就没有得不到的。那些年她也是学校里响当当的红人,才不会抱怨这个、抱怨那个,好像只要随意地过,日子就会很好。然而时光倏忽而过,榕树会枯萎,知了会死去,操场上的秋千也会锈迹斑斑。

当夏天到来的时候,那个曾经每天来找负能量小姐的男孩子有了新的目标,负能量小姐备受打击。

这也许是她人生中遭遇的第一场挫折,小公主的宝石宫殿瞬间土崩瓦解。

有人看到这里会轻蔑地撇一下嘴角:这算什么啊,小姑娘家家的，过段时间就好了啊。作为她的同班同学，我也简单地以为，时间是把手术刀，什么创伤都能慢慢愈合。可在负能量小姐这儿，同样的手术刀，却把她给整残了。

感情受挫后，一向高傲的负能量小姐发现，身边几乎没有可以倾诉的对象。任性的脾气和不可一世的态度让很多围观者都抱着看她笑话的态度，而她，已经在不知不觉中被人群孤立好久了。负能量小姐发现，好像全世界的灯火突然一下子全熄灭了，大门关闭，观众退场，一切都回到最初最差的模样。

在这个时候，负能量小姐毫不犹豫地选择了最糟糕的减压方式——让自己溺死在食物里。

烦躁了吃，想哭了吃，睡不着吃，醒来了更要吃。那段时间，薯片、可乐是负能量小姐的贴身伴侣，血糖升高给她的身体带来了饱足感，也让她的心情大大宽慰。

我看着一天天如同发面包子般横向发展的负能量小姐，真真替她忧虑。作为一个善良的同学，我试过善意地提醒："吃太多对胃不太好吧？我看你最近早操八百米越来越吃力了。"

负能量小姐的眼睛挤成一条缝，像要哭了一样："但是人家很难过啊！"

同一个人，曾经的楚楚可怜能让多少人心碎不已啊，然而现在这种莫名其妙的搞笑表情是怎么回事？我告诉她，即便那样，也不能不加节制,伤害哪有强加给自己的,别人不珍惜是别人的过错,没必要惩罚自己。

负能量小姐眼神黯淡:"你知道我有多想他吗?他对我的伤害有多大你明白吗?我这辈子都不会快乐了!算了,你不懂爱情!"

"刺啦"一声,她又拆开了一包妙脆角。

暑假,负能量小姐的初中同学聚餐。同学们见到负能量小姐时都露出了同样的表情——瞠目结舌。特别是偷偷喜欢过她的少年们,带着一脸"我是瞎了吗"的表情,在饭桌上都心照不宣地拒绝回忆过往。当然,负能量小姐也是满脸落寞,大家觉得饭吃得好没滋味。

散席后,男生群里保持了很长一段时间关于"杀猪刀"和"年少无知"的讨论,至此,负能量小姐的公主桂冠被所有人摘下。

学生时代,负能量小姐都是一个普通的女孩,身材臃肿,眉头紧锁,不苟言笑。她的青春,是大剂量的烦闷做底,上面覆盖了一层薄薄的孤傲,再撒上几丝所剩无几的自尊心。也有那么几次,她看着被撑得变形的漂亮裙子,想要减肥,改变自己。但是,紧张的生活让负能量小姐完全无心顾及其他,厚厚的书本旁边永远堆满大包的奥利奥。

那时候但凡看到身材比自己好很多的女孩,她都会骂骂咧咧,说什么"穿这么短的裙子也不怕走光",一顿牢骚抱怨后,大哭着把头埋进书里学习。她觉得自己在奔向光明大道,在所有人都看不起或者不看好自己的时候,自己还有学习这一个机会。负能量小姐的成绩确实有了起色,甚至一度可以对标清华、北大的成绩圈。当身边人用讶异的眼光看她时,她不屑的表情好像在说"老娘就是什么时候都很行"。

负能量小姐的文综很厉害,数学最差,没拿过第一,但也考出过能扇别人几个响亮大耳光的成绩。她考好了就感觉有一种把全世界都报复了的快感,而没考好就怨怨念念,觉得全世界都亏欠自己。负能量小姐自始至终都保持着一副傲视的姿态,听课的时候一条腿放在另一条腿上,一手托腮,一手拿笔画来画去。

高考结束,我拿到北大的录取通知书后,开始为自己脸上的几颗青春痘烦心。听说负能量小姐考砸了,最擅长的文综错了整整十二道选择题,四十八分扣下去,梦想被毁得面目全非,再加上平时差劲的数学被发挥得差劲到了极致,她觉得自己的人生好像轻而易举地就被玩笑给打败了。没什么太大悬念,一度全校前几名的成绩,最后却上了一个二本A类院校。

那个漫长的暑假,我们所有的集体活动都没看到负能量小姐的身影。我偶尔在小城的街道上看到她,她低着头,沿着墙根默默地走,手紧紧攥着书包带子,头上像是顶了一小片乌云。

我见过她从便利店里走出来,买了好几包姨妈巾,再去旁边的包子铺里买几个热腾腾的肉包子，脚步匆匆地往家里走，依旧低着头。

大学生活开始了。虽然在同一个城市，但我真的很少见到负能量小姐，她的近况我也只能通过朋友圈了解。并不是我关心她，只是她减肥了、减肥失败了，谈恋爱了、吵架了，挂科了，都会在社交网络上详细直播。依旧是满篇的抱怨、大段的吐槽，在三百六十度全方位地展示自己对生活的不满。同时，她也成功地让我们不敢在她面前分享快乐，害怕一不小心又刺痛了她敏感的神经。

嗯，她孤零零地躺在很多人的微信通讯录中，他们不看她的朋友圈，也不让她看自己的朋友圈。

都说，恋爱会改变一个人。

一年未见，我碰巧去她学校做新书的宣传讲座，接待我们的是校学生会的一名干事，个子不高，长相穿着都很普通，甚至说话都不是很到位。我跟他说我在这个学校有个老同学，想和她见一面，请帮忙照顾一下，并找个稍微好些的位子。

我之前并没有问负能量小姐是否愿意来参加我的活动，怀揣着很大的疑虑和担心给她打电话约见面，生怕她一顿诸如"你明知道你坐上面我坐下面你还叫我，简直就是羞辱"之类的枪枪弹弹把我给活生生地炸回去。

意料之外，她很爽快地答应了。

我坐在台上激情澎湃地演讲时，一眼就看见了她。她坐在正中央第三排左数第五个的位子，我直到今天还记得她歪着脑袋面无表情地看我的样子。那天她穿了一件碎花小外套。

后来活动结束，我拜托接待的男生带着负能量小姐来后台跟我见面。她走进来的时候，我觉得她好像瘦了点儿，头发也好像长了些，但头顶依然自带乌云，眉心还是显露出浓得化不开的焦虑。是的，她还是那个负能量小姐。

我欢快地开了个头："最近怎么样啊？"

"不怎么样。我告诉你，我们教授超烦的，去年给我挂了一科，今年重修好像还不打算给我过，他肯定故意跟我过不去，我快要愁死了。对了，我听说咱班方丽找了个高富帅？还有那个痘脸妹王小桃，你还记得不？她那样的竟然拿了国家奖学金，还马上要公派到美国交换一学期，真是够了。还有那个从小就爱跟我套近乎的黄毛，现在在大学混上学生会主席了呢。"

我拽了拽衬衣，有一种不祥的预感，说："啊？这些我都不知道啊……你怎么那么了解咱班同学的近况啊？上次聚会你去了吗？"

"怎么可能！我去了他们不得笑话死我啊！上的学校又烂，混得又差，我才不会让他们有机会嘲笑我呢。"

我低头没说话。

"除非哪天我疯了。"她用牙咬掉袖口耷拉出来的一根线，补充说，"你看我最近是不是瘦了？我真的要烦死了，减肥完全减不下去啊！每天吃那么少还那么胖，我去死了算了。"

很快，负能量小姐就磨光了我跟她聊天的耐心，每件事情都能让她烦躁无比，每个话题都能激起她的怒点，后来在她喋喋不休的抱怨中我成功走神，一边搅着手里冷掉的咖啡，一边看她嘴巴开开合合，声音却离我越来越远。

还好，出版社的姐姐过来催我走，算是解了围。我们照了张相就匆匆道别。她先走，我看她拎着小包，左手拿着那件碎花小外套，踏着高跟鞋嗒嗒地走了。

那张合影的照片她最终也没发朋友圈，我脑补着她皱着眉说"脸怎么这么大，痘痘都 P 不掉"然后删掉的样子。

后来与之一起消失的，还有她朋友圈里常见的负能量小姐体的牢骚和抱怨。她现在很少发状态，只是偶尔说一下现代文学这门课真有意思，或者今天吃到的蓝莓酸奶、华夫饼简直治愈了整个雨天。

原来负能量小姐恋爱了，对方正是那次接待我们的学生会小男生。

"他个子不高，身材不好，头发是板寸，和我之前想象的长发高大男朋友差太多。家里条件一般，还比我小一岁，约会带出去就像带孩子，压根儿没意思。缺点太多，我一时间数不过来，不过他很爱我，就这么一个优点，足够了。"

矮个子先生很爱她，每次约会负能量小姐都会抱怨男朋友来得太晚，带来的奶茶冰太多而珍珠太少，他总能面带微笑频频点头，顺带用纸巾擦去她嘴角的奶茶沫。所有人都烦她发牢骚，只有他知道要给她缺少太多的安全感。

负能量小姐跟曾经学校里的风云人物，只称得上般配；而这位矮个子先生，才是她缺憾生命中严丝合缝的另一半吧。

矮个子先生说可以让负能量小姐抱怨他、抱怨其他人和其他事，但就是不能抱怨自己，那些说自己是个没人要的死胖子或者成绩差、身材差就不该有爱情之类的话，通通都要消失。他抱着她的时候她一直在哭，哭到身体都发抖，她从来没想过会有人这样爱自己。

冒着大雨去买她爱吃的抹茶冰激凌；笨手笨脚泡了红糖水在其他人异样的目光中送到她宿舍楼下；很认真地带她去看海，实现她不经意在微博上写下的想去看海的愿望；每周一封手写信，代表爱情长跑的信念。

她没想过会有人这样爱她。

其实只是她没想过。

为什么会被人嫌弃、低人一等，所有的不愉快都是自己的，而快乐属于别人？说到底都是自己作，作小了是矫情，作大了是自伤。成功学只会教育我们，成功的条件一是努力、二是坚持，所以但凡没有成功，皆是因为不努力或者没坚持。但成功学忽略了它应该告诉我们的道理：成功是属于少数人的，大多数人的生活还是要归于柴米油盐的平凡小日子。然而平凡小日子不代表普通，那些爱与知足、关怀与厮守，并不比日夜飞行于大城市之间的生活要差。

做什么白富美，拼什么高富帅！相信我，丑小鸭和白天鹅都不属于你，这世上总会有一个人甘心抛弃万千世界，留在你身边，也总有一份简单粗暴的关怀和爱让你幸福。

毕竟学会接纳自己，才能刀枪不入。

后来，负能量小姐的心情日记不再阴雨连绵，她也不再是那个扬言再吃一口抹茶蛋糕就抽自己几个大嘴巴的女孩了。

在朋友圈里，她开始发一些自己去过的旅游景点和吃过的美食，还有两个人傻得可爱的搞怪笑脸，配字都是什么小王子与小公主又到了哪个神仙境地之类的话。

前段时间，她发了一张跟男朋友在海边的照片，照片里的她穿着粉色比基尼，对着镜头没心没肺地笑。

人群中的她依旧丰满，却让人看了有想爱的冲动。

BGM_《手心的蔷薇》

03

YUAN ZIHAO

PART A

没有人能救你,除了你自己

我相信我们每个人都会遇到坎坷,
都会遇到挫折,
熬不过去就不配得到更好的未来。

这个世上能真正帮助我们的,往往是我们自己。

我一直不相信我的人生会跟陌生人有交集,直到遇见求救小姐。

求救小姐算是网友,因为每天在我微博下面刷屏发评论并发来我总也看不完的私信而被我注意到。后来有一次她留言,大概意思是要去闭关学习,所以不能再来我的微博留言了,希望我一切好好的。我快高兴疯了,第一次回复她说:"你是个好女孩。"

这句话倒好像刺激到了她哪根神经,求救小姐一下子给我发了比以往所有私信加在一起还多的私信。

求救小姐说:"我才不去闭关学习,那样说就是为了骗你回复我,我还是会每小时都来找你玩的。"

求救小姐说完,我就哭了。

她还说:"对了,我才不是一个好女孩。"

求救小姐跟我讲了她从小到大所有的故事——悲戚的,带点儿疼痛的，让人动容的，近似敬畏而不是怜悯的。求救小姐好像就是有一种"老娘就算是鼻青脸肿也要活得潇潇洒洒你能拿我怎么样"的气魄。

求救小姐说她知道我和我哥是挺久以前的事，但单向认识我们是两个月以前她去找她的心理咨询师，说白了就是心理医生的时候。咨询师在听完求救小姐长长的一段话之后并没有像往常一样倒杯水然后和她交谈，而是从抽屉里拿出一本书递给她，书的封面是两个男人或者说是两个大男孩，名字叫作《愿我的世界总有你二分之一》。嗯，是我和哥哥的第一本书。

求救小姐看了书名和封面就知道大概又是讲青春里那些矫情的事，心理咨询师笑着摇头，说："你静静地看完再联系我吧。"

之后求救小姐结束了那个月的第四次治疗。

求救小姐回到家后就把这本书随手丢在阳台的地上了，她说让它在一个角落里陪她的猫玩挺好的。有一天晚上，求救小姐控制不住自己的情绪，坐在窗台上发呆，无意中瞥见了那本书，于是连灯都没开，就着窗外的光亮开始看。她开玩笑说，一定要我原谅她在刚翻开的时候嘴里嘟囔着"两个大老爷们儿怎么这么矫情"。

"那只是因为我还没有仔细去看，我现在都难以想象那个对着星空依旧泪流满面的人会是我。"

"我甚至无数次以为我是个无可救药的死人。"

2009年6月，求救小姐坐在家里天台上透气时被姥姥发现，姥姥吓得直哆嗦，叫家里人强行把她拉下来后，就说这孩子眼神不对劲儿。于是那一年夏天，求救小姐被家里人逼着去了很多地方，见了很多人，还被很多次认定为"双相情感障碍"。

那年她才上初二，那天语文老师留的作文题目恰巧是《天空》。

那是她第一次知道原来很多时候人是无法为自己做主的。我们背着这个世界的疲惫，还硬要说是这个世界让我们疲惫。所以，后来求救小姐一直生活在别人近乎怜悯的眼神中，好像全世界的人都在说："可怜的姑娘，你虽然美丽，但是过得真的好苦好苦。"

日子过得多苦只有自己知道，周围人全用奇奇怪怪的眼光看自己，那种感觉真让人讨厌。她每次犯错都会被原谅。考不好，老师会说"没关系，是题目出难了"；跟同桌闹别扭了，家里人会说"别理她，她脑子有病"；打了小区里的小弟弟，小弟弟的爸妈会说"弟弟不懂事，惹大姐姐生气了"。

好像全世界的人都说她做得对，但只有她自己知道，全世界都在和她作对。

求救小姐开始放纵自己。既然犯了错永远都有人可怜和原谅，并且可以归结为不可抗力和不能怪罪的因素，那就索性潇潇洒洒做个坏女孩。于是，求救小姐渐渐学会了和那些所谓的坏女孩一起玩，涂鲜艳的红色唇膏，短裤越短就越是想穿，在学校街边小摊欠了一屁股的债，被几个外校的混混儿罩着，学校里外没人敢惹她。

渐渐地她发现，好像得到了一切又失去了一切，好像做到了自由又失去了自由。她说："但是我确定我更加讨厌自己了，有时候安静下来，会觉得这个世界也太不公平了。"

别的女孩喜欢和朋友去吃浪漫的西餐，刀刀叉叉在灯光下反射着亮眼的光，但是求救小姐偏喜欢黑子烧烤，要十串板筋，放上多到不能再多的辣椒和孜然，用力嚼着，呛到直流眼泪，那感觉才像真实的人生一样过瘾。

求救小姐还有其他的嗜好，比如夜晚在公交车玻璃上哈一层雾蒙蒙的气，然后用手指画几个大大的×。

2011年生日那天，求救小姐选择放弃这个世界的美好。她喝了很多很多酒，跟姐妹们玩得很开心，然后洗了个热水澡，穿了条新买的漂亮裙子，吃了一整瓶安眠药。

求救小姐承认那是她做过的最愚蠢的事，因为当她再次醒来时，明白了要么死得彻底点儿，要么干脆好好活着，一个人待在医院里实在太吓人了。

之后，她就开始了漫长的治疗。

药物中的激素会使人变胖，并且会使记忆力严重下降，求救小姐是文科生，记忆力对她来说太重要了。当她一遍又一遍地背那些以前只需五分钟就能背完的文章时，她就觉得，有时候不公平是注定的。所以，求救小姐开始上课睡觉、下课无所事事，一回到家就上网，有事没事就去外面的网吧上网。有时候也不知道要干什么，就干脆在网上找点儿玩不明白的游戏，或者打开网页，随便滑动几下鼠标。

持续的肥胖让周围人开始远离她，隔几天才来一次学校更让大多数人觉得她这个人有问题。当那些以前玩得很好的姐妹都穿着漂亮的白色裙子出出入入时，求救小姐习惯性地拽着自己宽大的裤子掉眼泪。以前要好的朋友，再遇见时会装作不认识，稍微善良些的，会微笑着点个头，然后迅速走掉。这种感觉就好像全世界都背离了你，只剩下你和孤独。

这种状况持续到 2013 年 10 月，她对着我们写的书大哭。

求救小姐说："当我一个人看完你们的故事，锁上门对着夜空泪流满面，想哭又发不出声音，嘴巴被情绪扯到不能再大的时候；当我把书放在枕头下，像是宝贝着爸妈送的十岁生日礼物的时候；当我开始学习到凌晨并且不再靠药物调节自己的心情的时候；当我终于开始主动和同学交谈，并且大家都很愿意和我一起谈论你们的时候，我一直想对你们说声谢谢。"

"是你们，让我活了两次。"

求救小姐逐渐减少去看心理医生的次数，虽然现在还是会出现情绪不稳定的情况，但这并不能影响她想要停药和恢复健康的愿望，更不能打碎她慢慢经营起来的应该属于一个姑娘的很多很多壁垒。

我问她为什么会有这样的转变，她说人是"善变"的，少不更事时犯下的错、闯下的祸，总有一天要自己来弥补和偿还。拼不过命运就会输给人生，自己不掌舵就会迷失方向。人生中有那么多坎儿，今天不下定决心迈过去，明天就可能被胆怯和懦弱踩在脚下。求救小姐即使知道做出改变要付出很多、牺牲很多，还是愿意去做。如果还不努力改变，就真的来不及了。人生在自己的手掌心里，握住与松开，成与败便会随之到来。

与其叫她"求救小姐"，不如叫她"自救小姐"，只不过我觉得"求"这个字显得更有力量和生命力。要知道，人在绝境里求生，往往需要巨大的意志力。求救小姐说人在"死"过一次之后，会"活"得更漂亮。我始终相信没有什么可以阻挡求救小姐的未来，因为她曾经那样不堪的时候都挺过来了。

我问她："你的青春付出了这么大的代价，你觉得值得吗？"她说："人生没有什么值得与不值得，只有遇得到与遇不到。"求救小姐一直没为这段遭遇后悔，倒不是真的不后悔，而是后悔没用，所以她要做的、能做的，便是抬起头来，站起身来，微笑着冲向未来。

毕竟人要学着爱自己。

其实这个过程根本就不像我说的那样简单，一个寻死姑娘最后变成了所谓的"自救小姐"。无数个黑暗自闭的夜晚，一个人躲在房间里，看着桌上的瓶瓶罐罐和朋友留下的"你要好好的"的字条；无数个阳光炽烈的中午，一家人求着医生说"救救我们家这个有精神问题还不承认的可怜孩子吧"；无数个曾经的玩伴离开，无数好奇的目光总在自己身上打量……那种痛苦没人能够理解。

吃了那么多安眠药，激素导致肥胖，穿不下之前的裙子，变得连自己都不认识自己了，身边人说她除了心理有病以外，身体也开始发病。

但她从来都是一个健健康康的好女孩。

所以啊，这个世界太锋利了，走到哪里都可能被割伤。外伤易缝合，内伤难痊愈。

求救小姐说，她和大多数女生一样，有梦想的大学，有喜欢的隔壁班男孩，有想去的地方，有不切实际的幻想，喜欢洋娃娃和讨论那些娱乐明星的八卦，喜欢在镜子前长时间地梳头发。

曾经的自己放不过自己，总觉得人生和所谓命运亏欠自己太多，但她不知道其实是自己做的每一件事亏欠了自己。好在她最终明白了这一切，所以在这个年纪，虽然肥胖和身体的伤痛对她来说很残忍，但也教会了她应该爱自己和摆脱命运。

是的，我相信我们每个人都会遇到坎坷，都会遇到挫折，熬不过去就不配得到更好的未来。因为这个世上能真正帮助我们的，往往是我们自己。

求救小姐最开始的微博名叫"何必执着"，后来改成了"何必堕落"。我跟她说："你这个网名太土了，还是换一个吧。"她说："这挺好的啊。以前我觉得有些灾难是命中注定的，所以没有太大必要跟自己较劲，折腾自己。现在我发现，只要不堕落，什么遭遇都有转机。"说完一大堆理由后，她不忘问我，她该起一个什么样的网名。

我说："你应该叫公主或者女王。"

她哈哈大笑起来。

求救小姐住在内蒙古满洲里市，曾经的自己像是一摊谁也不愿意靠近的烂泥。虽然现在深夜里还时常与另一个自己对抗，但她也在慢慢变化，变得温柔，就像这个美好的年龄一样。

求救小姐改了个人简介，她说：**"做自己的救世主，你是公主，也会是女王。"**

BGM _ 《简简单单》

04

YUAN ZIHAO

PART A ———

世上只有哥哥好

这么多年,
我早就习惯了他的存在,
他就好像我的另一个自己。

世上只有哥哥好。

当我写下这句话的时候,我知道我在撒谎。世上怎么可能只有哥哥好?哥哥除了小时候会帮我挡妈妈的巴掌和爸爸的教训,大了些把好吃的好喝的好玩的好看的不假思索地全部让给我,现在帮我交学费和找对象,好像也没什么好了。

他的鼻梁比我高一些,双眼皮也要比我的明显很多,我还喜欢他的脸形,看起来比我的更有轮廓感。哥哥的眉毛也好看。虽然我们的嘴巴没什么大的不同,但是他的牙齿比我的整齐。

我哥常说,我在二十一年前打败那两亿对手时,伤得真不轻。

在朋友们都快笑哭了的时候,我很温柔深情地说:"当初要不是老子帮你挡住了两亿大军,能有今天的你吗?"

小时候我不懂事,总是被家人无条件地惯着,也因此总跟妈妈吵架。哥哥会在妈妈面前严厉批评我，把我骂得狗血淋头，然后一边说着"赶紧回屋反省去"，一边把我推进房间。到了房间里他就笑开了，然后使劲儿哄我。以前他爱做鬼脸或者扮丑来逗我开心，大了些我不吃这一套了，他就拉着脸答应给我多少零花钱。我们之间的关系就好像拍卖，当哥哥给的零花钱足以让我消气的时候，我就故作勉强地答应他。然后哥哥在一旁嘿嘿傻笑，说"这就乖了"。

有时候我实在是心疼这样的一个哥哥，在老妈面前教训我，哄着我妈说别跟他这犯浑的弟弟生气，反过来又要哄我开心。他就像是我们家花钱雇来的和事佬，两边都开心了，他也就放心了。

我和妈妈吵架冷战的时候，我赌气，像个天不怕地不怕的小英雄一样不吃她做的饭，事实上我妈也不让我吃。每每这时候，我哥就出马了。他当着妈妈的面说这孩子就是不懂事，该挨饿，然后反过来夹一些我爱吃的各种菜，偷偷送到我的房间。

哥哥会演戏，他会先偷一只空碗迅速跑到我房间放我桌上，不管我讶异的表情就跑回去，然后再拿一只碗装满我爱吃的所有菜，在家里晃晃悠悠。趁老妈不注意，他就闪进我的房间，把两只碗对调，然后拿着空碗出去，继续若无其事地溜达。

他都是一边说着好吃，一边拿个空碗瞎比画，然后嘿嘿傻笑。

我哥很爱看武侠片，每次送饭的时候就像电视剧里探监的人一样，总说："我不能在这里待太久，我要走了，你快吃，一会儿我来收空碗。"

哈哈哈，多么傻的哥哥。

嗯，多么好的哥哥。

我从小就渴望自己的哥哥是个无所不能的王子，因为这样我就可以是个沾他光的小王子了。所以，我考不好的时候会求他帮我变出双百的卷子来，如果他变不出来我就坐地上哭，之后索性把卷子上写名字的地方拿透明胶带粘一下，再撕下来，直到把"苑子文"三个字彻彻底底粘下来，然后再脸不红心不跳地写上我的名字。

我哥拿着对调后的卷子说："你幼稚不幼稚？"

我大多数时候是会承认自己幼稚的，不过这没关系啊。我甚至一度仗着这种所谓的幼稚拿走了很多属于我哥的东西。

后来我哥告诉我，他所说的幼稚是指我愚蠢到偏要把三个字都粘下来才肯罢休，其实只要把最后一个"文"粘下来换成"豪"就好了啊。

哥哥小时候学习不好，偏偏我学习好。我记得他小时候什么都不如我，我爱给小区里的爷爷奶奶背古诗，然后把我哥从围着看的小伙伴里揪出来，说接下来换我哥背诗。看着他吞吞吐吐的尴尬样子，我笑得肚子痛。有时候我哥忍无可忍，把我叫到角落里训话，还举起拳头装装威风。不过我根本不吃这一套，挺直了腰板瞪大了眼睛跟他说："你要是敢打我，我就跟我妈告状去！"

是的，大多数时候我不懂事，所以我会说"我妈"，而不是"咱妈"。从小家里人就惯着我，也会偶尔不公平，比如把大的鸡腿给我，把电视调成我爱看的电视台。有时候我捧着一大袋子零食不给我哥吃，然后看着我最爱看的电视剧，他就在旁边傻愣愣地坐着，看到好笑的部分还会跟我一起笑，而我总是一个白眼甩给他，意思是"我的电视剧你笑个毛"。

一想起小时候我这些骄横跋扈的幼稚举动就觉得好笑，好像真的把哥哥当成了我们家的客人，并且一度认为他是妈妈从垃圾桶里捡来的孩子。直到后来我觉得我们长得很像的时候，才否认他是从垃圾桶里捡来的。不过我哥并不在乎这些，因为从小我妈就教他要大度，要让着弟弟。可能天资愚钝，他并分不清什么是让着和惯着、什么是大度和挨欺负。

记得上小学时，我的字写得很漂亮，哥哥的字却很难看。老师总是爱叫家长，跟我爸妈说在一大堆作业里准能一眼把大儿子的作业挑出来——龙飞凤舞，好像是柴火拼出来的；但是小儿子的字就写得很漂亮，还有那么一丝硬笔书法的样子呢。

这个时候我哥就爱低着头，而我仰着个脖子，在那里得意扬扬。

有次写作业，我早在学校里就完成了，回到家里就骗我哥说："咱俩一起写作业，快点儿写完好去楼下玩。"我哥眨着大眼睛，看起来高兴极了，没过几分钟他就说写完了。

我收起装模作样比画了半天的笔，一把抓起我哥和我的作业，跑去爸妈的房间给他们看，嘴里嚷嚷着："爸妈，你们快看，如果没什么问题我们就去楼下玩了。"

老爸看到我哥写的一手烂字,气得差点儿把作业本撕掉。

后来我哥流着眼泪把作业工工整整地誊写了一遍,还被爸爸惩罚写了五页的字帖。我站在墙后面,第一次感觉他那么孤独、那么可怜,那么让我心疼。

感觉好像双胞胎的血脉是连着的,看到他掉眼泪,一个人孤单地在台灯下一笔一画地写作业,你也会难受、低落,还有自责。

不过自责都是片刻的事情,这并不妨碍我一直欺负他。大了些,我哥爱管我了,什么事情都要摆出一副哥哥的姿态教育我,我就爱指着自己胳膊上戴着的中队长的牌子,问他:"你一个小队长,凭什么管我?"

我还会拿我是第一批入少先队而他是第二批、我成绩全班第一而他仅仅进了前十这些事来气他,再不行就用老一套,说:"你要是敢欺负我,我就去我妈那里告状。"

总之,我的少年时代过得顺风顺水,没受过一点儿委屈。

可能什么事情都是守恒的吧。我以前觉得我哥难看,胖起来的样子简直让我心烦意乱,而现在他又是高鼻梁又是双眼皮的,走在路上总是被人夸很帅。奇怪的是,他们关注的点总是这个人好帅,而不是这两个人好像,以至于我故意要跟他买一样的衣服,提高辨识度。

我哥就爱说:"别挣扎了,二十一年前你伤得太深了。"

直到现在,我还在利用"我是弟弟"这个小便利欺负我哥。我哥说想吃火龙果了,我就在中间挖个心形,吃掉后再送给他。我哥笑嘻嘻地问我怎么这么好,送水果还带造型,我也笑嘻嘻地回他一句"火龙果中间的地方最甜,我替你吃掉了"。

现在长大了,我们之间的关系更好了,最重要的是,我们不是表面的关系变好了,而是内心深处都关怀彼此和感同身受。我是一个懂得浪漫和体贴的人,和我在一起,我哥简直幸福得无法形容。外面下雨了,我把雨伞给我哥,说:"你打着,别感冒了。"我哥像是被阳光温暖了一样,问:"那你呢?"

"我打车。"

我哥在学校里忙工作的时候,我更是心疼,总会给他买一些解暑去火的水果。某天晚上,并不算太凉,我买了一个冰镇过的小椰子,插上吸管,想走去我哥宿舍送给他。刚走到他楼下,椰子汁就喝完了。真巧,我还是回宿舍休息吧,给他发条晚安短信就好。

有时候不洗头发戴着框架眼镜出去玩,路上被小姑娘认出来,人家小姑娘激动地说:"你是苑子豪!我们合张影好吗?"我都会面带微笑地说可以,做着鬼脸扮丑。合影结束后,我会告诉她我是哥哥子文,记得发微博告诉她的朋友们"苑子文今天没洗头发跟我合影了"。小姑娘一边笑着说没问题,一边跑开了。

我们一起去逛街,我只负责试衣服和定衣服,选好一件后售货员问我:"先生,您是刷卡还是现金?"每到这个时候我都会漫不经心地看着售货员:"你问一下旁边那个跟我长得挺像的人是有卡还是有现金。"

虽然售货员总像故意气我一样说:"先生,这旁边没人跟您长得像啊。"

不过现在大多数时候我还是会听他的,可能是小时候太欺负他了,现在有些心虚,总觉得这个人就像是上天赐予我的礼物。要知道,你醒来时看到这个屋子里有个跟你长得一样的人在溜达是一件多么奇妙的事。你倒牛奶,他也倒;你吃面包,他也吃。两人并排坐在爸妈对面吃饭,碗筷都一样,多可爱;没多久就背上一样的书包,然后一只脚一起迈向鞋子里,出门上学去。

每天晚上我在关上他的房门前温柔地说一句"晚安",回到自己房间的床上时快要吐了,就好像我在笑眯眯地对自己说"你好,晚安"。

我哥对我好不只是在生活上,其他方面也是如此。高中读书的时候他最懂我,我每一次进步或者退步,他都知道原因。当别人在祝贺我或者为我干着急的时候,只有哥哥对症下药,"精彩极了和糟糕透了"的工作他都替爸妈做了。在我人生最难熬又最无奈的时候,他给了我坚定的眼神和拥抱,然后告诉我,只管走下去,世界那么大,总有一片蓝天属于我。

如今上大学，在面临每一个重要关口的时候，我哥都在。其实这么多年，我早就习惯了他的存在，他就好像我的另一个自己。在做决定的时候，一个人说好，一个人说不好，权衡权衡，倒也踏实。我也觉得挺幸运的，有一个比我还在乎事情对我的影响的人陪伴着我。

亲爱的你们，我愿你们也有一个这样的温暖陪伴。**记住，世上不是只有哥哥好，但需要有人对你好。**

现在是 2014 年 7 月 26 日 23:17，我哥又在催促我睡觉了，如果看到这里的你刚好也要入睡，那么我把"晚安"也说给你听。

BGM_《因你而在》

05

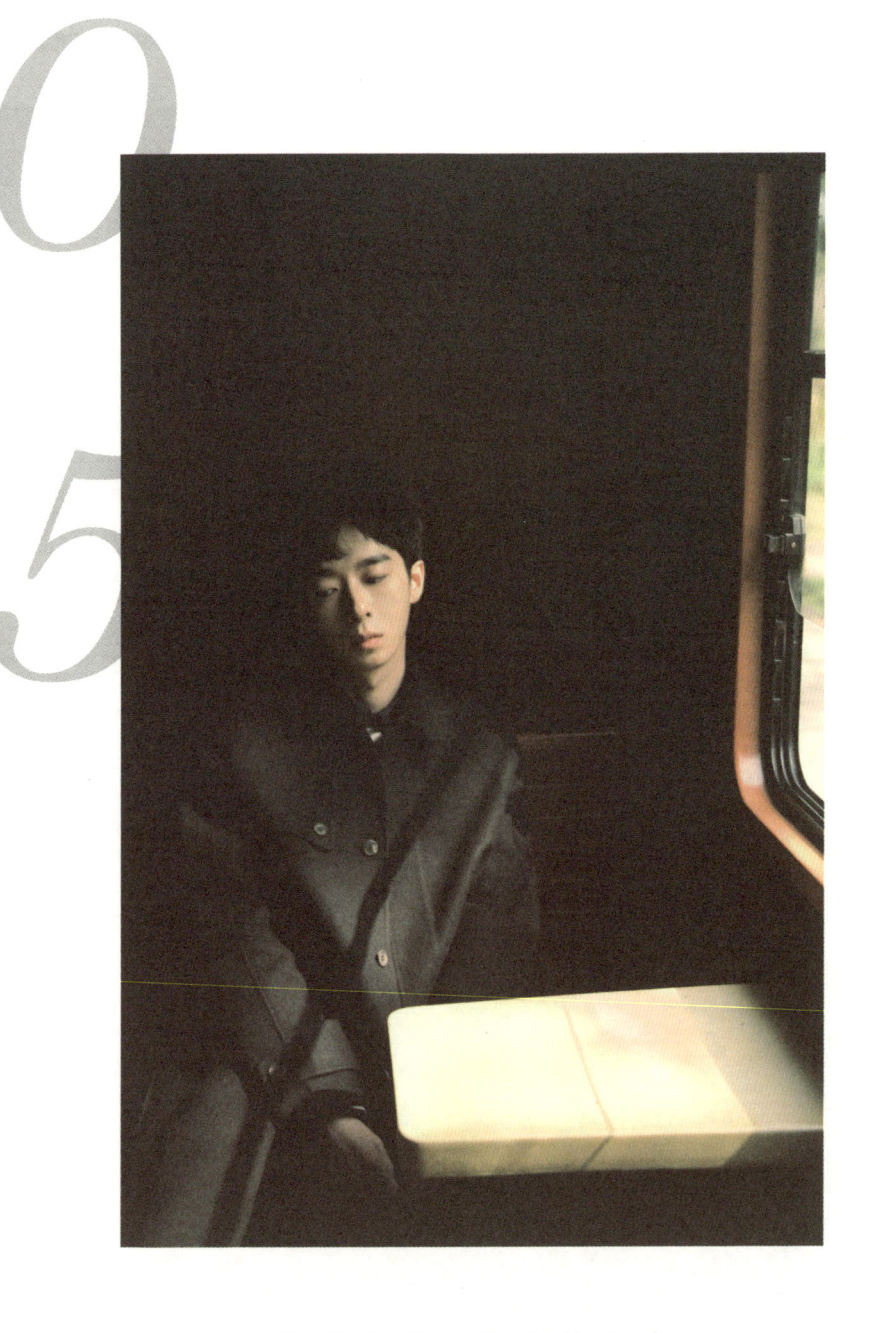

YUAN ZIHAO

PART A

那些你不珍惜的,
老天自有另外的安排

这个世界上没有什么是永恒的,
所以珍惜才是最大的真理。

想起来，那段日子应该是阿K人生中最难熬的时光了。

梦想破碎，失业，居无定所，女友提出分手，被在一起十年的朋友骗走所剩无几的存款，你可以想象到的种种遭遇，他一个不差。

阿K觉得一定是老天在玩他，没有第二种可能。

2009年的夏天，阿K大学毕业一年，刚满24岁。

6月初的杭州潮湿蒸郁，正赶上梅雨季节，雨淅淅沥沥下个不停。阿K习惯性地睡到晌午，外面天还是阴沉沉的，好像人的脸色。他起来坐在床脚，把打火机点着，迟疑片刻后，眯着眼用力吸了一口烟，很快烟就着了。

阿K清楚地记得，点着打火机的一瞬间，微弱的火光就在眼前晃啊晃，但他好像什么都看不见。

他笑了笑，掐掉烟头后穿上背心和短裤，趿拉着拖鞋下楼去了。

老海请阿K下馆子,一大早就在楼下等着了:"你可算出来了,打你十几个电话都不接,急死个人。"

"你怎么一副比我妈还婆婆妈妈的样子!"

"少啰唆了,就在体育场路宝善桥过去一点儿,走两步就到了。"

老海走在前面,撑一把黑色的伞,伞不大,但是可以把他肥大的身子罩住。没走两步他就顿住了,然后往回走:"你说你出来也不拿把伞,让我说你什么好。"

老海把伞移向阿K,雨打湿了老海的左半边身体。

"饿了吧,八宝象肚好吃得很,猪肚里灌了鸡肉,咱哥俩再来几瓶白的,今儿我请客,吃个痛快!"

阿K没有接他的话。

阿K又点着一根烟,用力吸一口火光就起来了,在雨天里吞云吐雾的,他感觉自己就要飞起来成仙人了。老海像个孩子一样用手乱扑腾,把烟都打散,还一边嘟囔着:"抽烟对你身体不好,你不知道啊。"

阿K是一个重度烟瘾患者,在女朋友的控制下还每天两盒都不够。嗯,他承认自己压力大——24岁,未婚,住在租了三年的公寓里,离租房合约到期还有五个月,在一家知名的外企工作,老板是一个苛刻的老外,每天都要他把领带打正,西装熨得平整舒展。

阿K每个月倒是有一万元的收入,这在外人看来很富裕,不过大部分钱都寄给家里了。五千块汇到妈妈的卡上，两千块交房租，余下的三千块是生活费，养着拜金女朋友，还有一条狗。

女朋友名叫百合，是阿K的大学同学，现在是个模特。每逢车展或者服装秀，她就花枝招展地出去。很多时候阿K加班后回到家，还要照顾喝得烂醉的她。

当阿K看到她脖子上有吻痕的时候，恨不得一巴掌把她打醒。

然后就是舍不得、怜惜，帮她换洗衣服，打热水，用湿毛巾给她敷额头。

再然后就是一个人坐阳台上抽烟，一根一根的，留下百合在屋里哇哇地吐。

他嫌弃百合，百合嫌弃他。百合说阿K每天只知道工作，衣服除了西装还是西装，连一身这个年纪该穿的像样的运动服都没有。很多次百合带阿K出去参加她朋友的局，他除了能帮她喝酒，干不了其他的。有一次阿K在饭店厕所里吐的时候听见里面的哥们儿说："百合眼瞎了啊，跟这么个男的，要钱没钱，要长相没长相。"

"百合也不是什么好姑娘，你以为她干净啊！"

"哈哈哈。"

阿K醉得连爬起来冲过去给他们两拳的力气都没有。

百合跟阿K去逛街，她试的那些衣服都太贵，阿K不喜欢，就直接把衣服从百合身上扒下来还给售货员。百合气得直掉眼泪，说再这样下去整个杭州的商场都不能去了，脸丢得到处都是。

他们价值观不同，阿K无法接受在他的世界里一件衣服几千块钱，而百合说她是模特，有些场合需要穿。阿K又开始发疯，说："那些场合不是不需要穿衣服吗？"

后来他们分手了，阿K很后悔，给她留了这么个显而易见的把柄。

阿K出生在农村，他是看着全家人眼泪汪汪地靠着杀一头猪过年或者结婚长大的。百合说他不会心疼自己，辛辛苦苦挣来的钱全寄回老家养猪了。

百合还说他连自己的女朋友都养不活。

可是阿K觉得日子挺好的，他有个小梦想，希望做到公司市场部的主管，然后推广自己的新产品，拿个年度销售奖。阿K的那条狗不金贵，他吃的它都能吃，从来没生过病，就像个懂事的孩子一样。阿K有一间不大的房，每天早晨都起来给他爱的人煮牛奶，然后把前一天买的面包加热好。当阿K急匆匆穿好衣服出门时，百合还跟孩子一样在床上赖着。

他就觉得真好。

阿K爱吃路边的早点，比面包好，不光因为便宜，还因为他觉得面包没有人情味。

同事都开玩笑说他是男佣，阿K回应他们，没关系，两个人在一起，开心最重要。

不过这些都是过去式了。

2009年夏天,全城都被笼罩在燥热中,霓虹灯、日出、匆匆的行人和拥挤的人行道,还有耸入云霄的写字楼。《快乐女声》在电视里、地铁上、商场的大屏幕上播着。曾轶可唱歌时总像是很冷,让人听起来有些心疼。街上有刘惜君的粉丝团,发着大大小小的宣传单,希望大家支持她们的偶像。她们穿着统一的衣服,脸上还化着浓妆。

如果是以前,阿K一定会匆匆穿过人群,面无表情地对这些人说抱歉,然后拒绝掉传单,拎着西服走进耸入云霄的写字楼。不过那天阿K恰巧因为一个方案与老板吵得不可开交,转天老板就开了他。

"他认为我是个自以为是的蠢货。"

房子也快到期了,阿K为了躲房东不得不到处借宿,去大狗家住一晚,再去小强家借住一宿。

不过最坏的事情是他被在一起十年的朋友骗走了所剩无几的存款,阿K恨他恨到不想再提他的名字。

几个星期前百合又约阿K了,他接到电话时兴奋得说不出话,像个没出息的孩子一样。百合说她很难过,想让他陪她走走。见面后他才知道百合被一个开连锁酒店的老板踢了,像皮球一样,滚得很远很远。

那天晚上他们喝了很多酒,百合依然骂阿K是废物,养不活自己的女朋友,反而要逼女朋友出去赚外快。阿K笑嘻嘻地说:"你也是傻,牛的话你赚个男人回来,到头来还不是被人家当皮球踢。"

然后他们都哭着笑了起来。

百合和阿K曾经是学校里的风云人物，她是校花，他是全校成绩最好的男生，本科毕业就接到四家上市公司的工作邀请，大家都叫他们"人生赢家"。

那时候他们每天一起泡图书馆，她看美容杂志，他算线性代数，傍晚天边有云的时候就在校园里走一走，晚霞落下来像轻薄的衣服。他们常去学校里最有名的一条小吃街，下雨了阿K就脱下衣服披在百合身上，等跑到宿舍，百合帮他擦身子，然后把淋湿的衣服洗干净。

阿K的那几个混混儿室友见了百合就调戏，两眼放光。每每这时候阿K都会一边打一边骂地把他们赶走，然后锁上门和百合亲热一会儿。

百合洗干净的衣服总有百合香气。

百合问起阿K有没有当上主管，他迟疑了片刻，最终还是没有告诉百合自己被开除的事情，而是借着醉醺醺的那股劲儿，说当初发誓是到年底前实现的，这还有好几个月呢。然后百合又大笑起来，她笑起来没有遮拦，美得真像百合。

阿K问她下一步的打算是什么，她说找个好人家嫁了，当家庭主妇。

两人都没再说话，只是喝酒。

阿K是靠百合搀着走出去的，他喝得太醉了。百合说阿K还是老样子，只要有她在就会喝多。

"嗯，可能是帮你挡酒挡习惯了吧。"

阿K已经没什么知觉了，整个人横着躺在百合的车后面，吐得满车都是。

百合送阿K回家，说这次轮到她帮他换洗衣服、打热水、用湿毛巾给他敷额头。阿K开玩笑说："你不怕我把你当皮球踢啊？"百合爽朗地笑起来，说自己倒是有点儿想回以前那个球门了。

路上阿K一直大声嚷嚷，唱他一喝酒就爱唱的歌。后来百合接了个电话，迷迷糊糊中有人堵住了阿K的嘴，然后就是一阵巨大的撞击声，他头晕得厉害。

是老板的电话，说介绍个活儿给百合，事成后给她五十万。百合骂着脏话，但是阿K唱歌声音太大，对方根本听不清。百合转过头伸手捂住阿K的嘴，然后对着电话连说了好几个"滚"。

百合恨死他们了，也恨死自己了。

一句"你不得好死，以后不要再联系我了"之后再转过头，车子已经偏离方向好远了，一下子撞到一辆小轿车上。

火光漫天。

百合当场死了。

阿K被送到医院，下了病危通知书。

再醒来时，阿K就是这副模样了：身上插满粗粗细细的输液管，整个人被纱布包着，戴着氧气罩，只有眼睛可以动。身旁的仪器发出清脆的声音，一下又一下。

嗯，他是植物人了，终生植物人。

被撞的人是老海，他的身体可以活动，但是大脑受伤严重，精神已经不正常了。他那天开车去接好几年没见的发小，不过现在他都不记得了。

老海就认为阿K是他发小，老海的家里人怎么劝他都不听。老海总来阿K的病房看他，给他带红烧肉，看着他只能输那些营养液却不能张嘴吃东西，老海就哭，急得直跺脚。

阿K还有一个完好无损的大脑。他知道百合和他出了车祸，知道如果没有这场车祸或许他们就可以重归于好，也知道他们对不起陌生的老海，他想道歉，但是开不了口。

老海每天傻兮兮地穿着病号服来阿K的房间拔他的输液管，被护士发现带走时急得眼泪哗哗地流，这些阿K都知道。他只是不知道该如何弥补，也不知道还能这样痛苦地坚持多久。

阿K闭眼的时候，两股热热的液体顺着眼角不听使唤地淌下来。

老海没有带阿K去吃八宝象肚，阿K也没有再抽过烟，那些都是阿K的想象，想象老海一直觉得自己亏欠他，愧对他，对他好，还打伞来为他挡雨。

其实阿K还有很多想象，他想象白合在他醒来前做好早饭，她洗完的衣服整齐地挂在阳台上，风一吹就全部飘起来，那是有百合香气的。

他好像一闭眼就能闻见百合香味。

我就是老海的那个发小，他小学一年级就跟我在一起玩了，我们总是去彼此家玩，我记得每次他那个不会做饭的爸爸都会买一大桌子东西招待我。2009年那天，我从外地读书回来，老海高兴得不得了，说要给我接风，特地开了他爸刚买的车。

那天我在车站等了好久好久，好像有一辈子那么长。

老海从小就不顾一切地吃吃喝喝，胖得像一片海一样，所以我们都叫他老海。他说人要学会珍惜，别跟他爸妈似的，为了一点儿小事就吵架离婚，搞得跟仇人一样，没意思。这个世界上没有什么是永恒的，所以珍惜才是最大的真理。那些你不珍惜的，老天自有另外的安排。

老海还说，人生最简单的道理就是，该吃吃该喝喝，不然要是有一天被车撞死得多冤。

BGM_《水仙》

06

PART A

人生
八九不如意

"这些年放得下你、放得下姑娘，
就是放不下心里那个叫梦想的东西。"

再见到他时，他更瘦了。

我一边笑着接过他手里的行李，一边逗他说："你怎么越来越像只猴了？"他突然停住脚，歪着头，眨了一下眼睛对我讲："因为我过得没你好啊。"

说完，他把身上的背包也卸下来丢给我，两手背到身后，迈着外八字步昂首朝前走去。

我傻傻地站在来来往往的人群里，随后，火车在一声轰鸣中又拖着沉重的身子开了起来，那声音震耳欲聋。

面前这个干瘦的男孩是我高中时代为数不多的好朋友之一，他叫远方先生。远方先生长得不算好看，但是有一双很大的眼睛，总是爱眨啊眨的，比如遇到不会做的难题或者漂亮女孩。之所以叫他远方先生，是因为高中开学第一天，在自我介绍的时候他说自己有一个梦想在远方,是什么并不知道,总之在很远很远的地方有个小梦想就是了。

他说完底下的同学就笑开了,我还清楚地记得有个人说了句:"傻×。"

嗯,远方先生是挺傻的。

我说请他吃北京烤鸭,他说不要,非拉着我到清华附近的一家拉面馆吃饭。他没看菜单,点了两碗牛肉面、两份凉菜,还有两箱啤酒。一大碗面里漂着满满的油星,几片薄薄的牛肉尴尬地躺在硕大又碧绿的油菜叶上面,不大的面馆里有浓郁的牛肉汤味。远方先生夹了一大筷子香菜,又放了一大勺辣椒,一边搅拌牛肉面一边跟我说:"你怎么不吃啊?快吃啊。"

我说:"看着这两大箱啤酒好像有点儿吃不下呢。"

"这样啊,那咱先喝完这两箱啤酒也行。"

我立刻从筷子盒里抽了两根筷子,二话不说夹起一大口面条就往嘴里塞,他看着我这个样子笑出了声。

哈哈哈。

远方先生一点儿也没变,下了火车我说拦一辆出租车,他偏不:"你不懂,北京堵,这个时间更是不行。"说着就拉着我去挤地铁。正是午高峰时间,地铁里挤满了人,他气定神闲地走在前面,我满头大汗地背着包提着行李箱跟在后面。

到了地铁上我们就开始赌气，然后他笑嘻嘻地递给我一张纸巾擦汗，那样子就好像高中一样。

远方先生是理科生，我是文科生，在没分文理科时我们是同班同学，并且还是同桌。争全班第一，争当体育委员，争女孩的目光，就连食堂里最后一份红烧排骨也要争。用我的话讲，我们是冤家路窄才会遇到一起。

反正后来我们在互争之中慢慢要好起来了，他不服我，我也不服他，可是这个世界上再没有谁能比我俩更要好的了，总之就是这样一种奇怪的感情。

后来分了科，我在二楼，他在一楼，依旧是每天一起到食堂吃饭，然后一起去泡图书馆。高三时我在外面租了房，他就索性搬来我住的小区，就住在我后面的一栋楼里。

因为站在我的阳台上刚好可以看到他的厨房，所以我们说好晚上到整点就集合，拿个手电筒向彼此的方向挥一挥，代表还没睡。这样互相监督，从十一点一直晃悠到两点，算是不睡觉而刻苦读书的激励法之一了。

年少的时候，总是愿意为了憋那一口气而做些疯狂的小事，所以谁都忍着不睡。

有时候我困极了，就定好整点的闹铃，然后睡过去，到了时间就赶紧爬起来，跑过去挥一挥手电筒，假装依然在熬夜学习。嗯，我俩的关系，就是你要是敢比老子好，老子就要想方设法比你更好。

后来远方先生向我取经，说他早上总困，不知道为什么晚上我也不睡觉但是早上精神依然很好。

我低下头，故作深沉地说："可能是梦想支撑着我吧。"

然后看着他的黑眼圈哈哈大笑。

远方先生的梦想是清华建筑系，而我和大多数文科生一样向往北大。所以他学物理，我看地理；他算数，我背书。我偶尔抬头看看他，然后他一句"没你能看得懂的"就把我气得低下头钻研政治了。

日子过得飞快，好像昨天我们还躺在学校操场的草地上，今天就已经分道扬镳。

那时候太阳只剩下不多的光亮，余晖洒在远方先生的脸上，好看极了。我们跷着腿，两只手垫在脑袋后面，大喊着未来有一天你杀进清华我闯进北大，几年后混他个风生水起，在北京当上霸道总裁，然后买房买车买私人直升机，一起走上人生巅峰。

哈——哈——哈。

可结果就是我发挥得非常好，如愿以偿考上了北大，远方先生却因为把物理和化学的答题卡涂反了，十八道选择题只对了一半，而不得不去西北的一所学校。

他消失了足足一个月，也是从那时候开始爱上了喝酒，我们每次见面他都是按箱点酒。远方先生跟我说得最多的几句话便是——

"你信不信老天在玩我?"

"你看我这手上的烟疤,自己烫的。"

"嗯,人都会有想把自己千刀万剐的一天。"

大学忙起来,谁都忘了谁,听说他在那边过得并不好,挂了几门课。但是他每次给我发短信,都说自己拿了多少奖学金、获得了多少荣誉,我不知道该说些什么,就只好祝贺又祝贺。

当初他说有朝一日还要考上清华,让我读研究生在北京等他,还说不忙了来北京看看我。

这次他带来了行李和一大箱子西北的土特产,说是在我宿舍小住几天,转转曾经梦想过的清华,也跟我好好聚聚。

其实这家拉面馆他来过好几次了,清华的路他比我还清楚,这些都是他喝了一大箱子酒之后告诉我的。

"这些年放得下你、放得下姑娘,就是放不下心里那个叫梦想的东西。"

其实远方先生没少偷偷来北京。他刚考去西北的时候,不服气,觉得在那个荒凉的地方待不下去。他省吃俭用攒钱买火车票来北京,白天在清华里转悠、听课,晚上就跑去麦当劳里睡觉,第二天再回来转悠和听课。麦当劳里人多,睡觉也安全。中午就爱来这家拉面馆,不好吃,但是便宜啊。

他说不敢给我打电话。

远方先生哭着跟我道歉,说其实他骗了我两年,自己在那边抽烟喝酒交女朋友，挂了好几门课，还得了学术警告。但他就是不服啊，虽然那梦想在命运面前就好像是个屁。

远方先生眼泪哗哗地流，站起来晃晃悠悠，然后一下子扑到我身上，号啕大哭起来，嘴里除了"对不起"还是"对不起"。

他说其实这些年一直都挺恨我的。

已经到傍晚了，拉面馆的老板娘站在收银台后面托着下巴看着，眼神挺平静的，她似乎不在乎我们吐了一地。

是不是她当年也有个什么梦想，我不知道。

晚上我和远方先生拖着沉重的行李，拿着我们没喝完的酒，跟跟跄跄地跑去清华。快午夜了，清华园里安静得动人。月色皎洁，缓缓泻下来，落在满地的碎叶子上，这样的时光真好。

我和远方先生一头倒在一片不知道是哪里的草坪上，睁开眼看着天上点点繁星。

远方先生大叫起来，疯狂地，没有丝毫克制地，甚至是歇斯底里地。

我也是醉了，大声嚷嚷："你当年不是说一定要考来清华吗？"

他哈哈大笑起来："对！清华！"

然后我们一边哭一边放肆地大喊："梦想！"

哈——哈——哈。

远方先生抱着我哭了很久很久，然后倒头昏睡过去，我能感受到他缓缓的呼吸声，那是梦想破碎的声音。

等我早上醒来，阳光已经很刺眼了，周围有骑着单车去上课的学生，还不时回头看看我。我尴尬地坐起来，好像做了一场大梦，脑袋昏昏沉沉的。

远方先生和行李箱不见了。

我跑回宿舍，几乎快断气了。急匆匆给手机充上电，开机后一眼就看到他发来的短信，他说："我已经到车站了，学校里还有好多事情等着我去做，我就先回去了，下次再来北京找你。北大还是没去成，原本想着蹭蹭你的宿舍呢，还是下次吧。再有就是那些土特产，一着急忘给你了，嘿嘿。昨天的面馆，老板娘应该是没收咱俩钱，抽空给还上吧，下顿饭我请。还有啊，你还得练练酒量啊，这可不行。不啰唆了，走了，还会再见的。"

我憋了好久的眼泪突然喷涌而出，滚烫滚烫的。

室友不知道我怎么了，默不作声。

北京还是老样子，夜晚时分灯火通明，拥挤的地铁，忙碌的人群，车子川流不息，租来的廉价房简简单单，街道上有卖唱的艺人，还有回眸的可怜野猫。

这也许就是生活，就是青春，就是所谓的梦想吧。我走在路上，满脑子都是远方先生跟我碰啤酒瓶子的叮当声。

人生不如意事十之八九,拿酒来。

再见,远方先生。
我们一定会再相见。

BGM_《莎士比亚的天分》

07

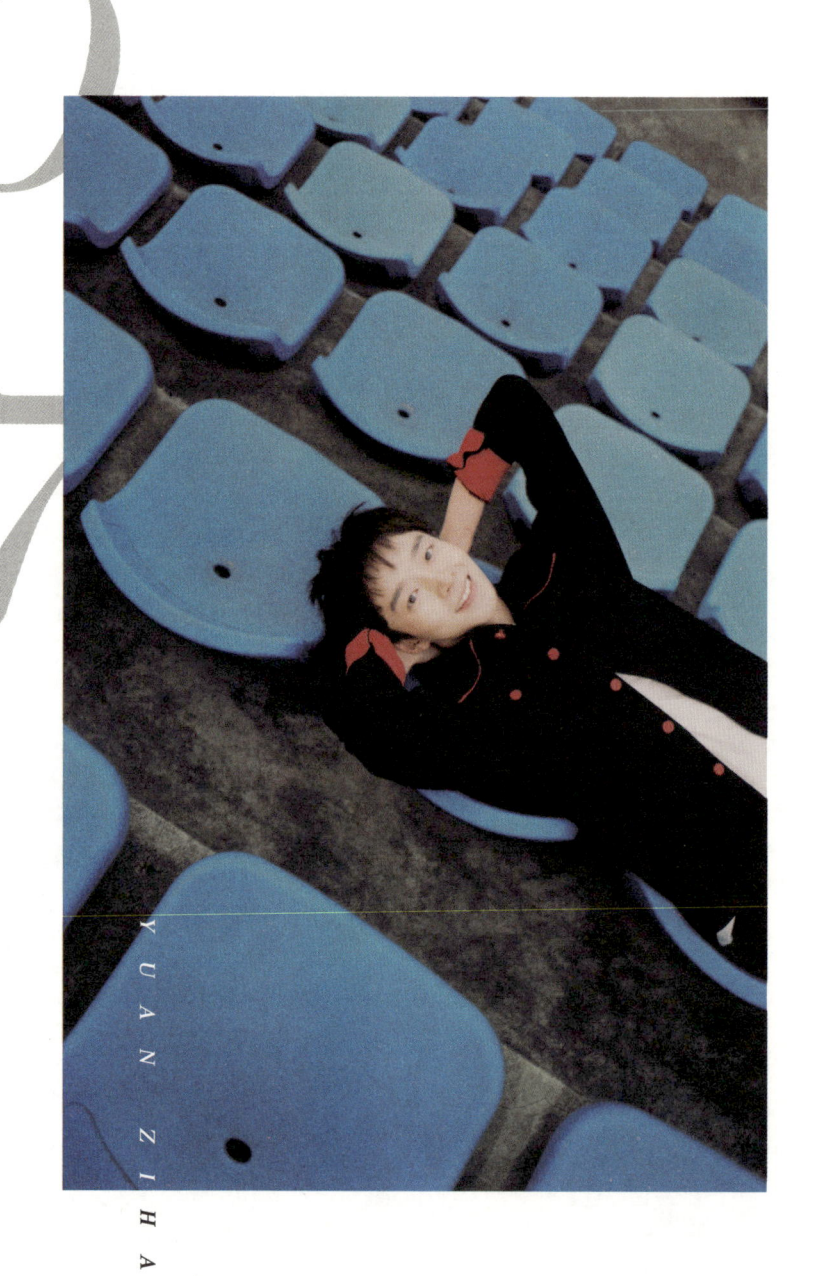

YUAN ZIHAO

PART A

总有一天会是明天,
总有一刻会是到达

那些你以为过不去的坎儿,
早晚都会过去,
要对时间有耐心。

好像讲了很多我生命中或匆匆或慢慢走过的人，我们因为不同的缘分相遇，上一秒好像还是紧密联结的两个人，下一秒就可能成为散落在天涯的离人。我相信你跟我一样，身边也一定有某先生和某小姐，他们与你一起成长，也教会你关于成长的一些事情。

其实我更相信你身边也一定有我这样的人，吃过苦头，但也算顺风顺水；性子不急，但总是为了一件事情赴汤蹈火；并不聪明，但是执拗，想得到的就算是去抢也要得到。

有小梦想，过小日子，做小人物。

那么这次我就讲讲我和我的故事。

我出生在北方的三线小城市，小时候不懂事，总爱问父母我们这个城市到底是哪三线。从小有个跟我长得一模一样的哥哥陪着，倒也不孤独。狮子座，爱争强好胜，小学一年级时曾被退学到学前班，等我卷土重来杀回一年级时，大家已经学了好多拼音字母了。即便如此，我还是厚着脸皮竞选班长，老师说我刚从学前班回来，还是老老实实待着吧，我硬着头皮说从今以后我一定好好做人。

哄堂大笑后，我落选了。第二年，我的成绩稳居全班前三，第一批加入少先队，书法、画画比赛等样样第一，代表全年级同学在国旗下讲话，没有悬念地竞选上了班长。

所有人都为我的改头换面感到诧异，鬼知道一年前我在那个竞选失败的晚上哭了多久，那晚我第一次写了承诺书。

那时候我承诺自己要做一个好人，不要再被嘲笑。我后来一次次地改动承诺书，把"好人"变成"优秀的人"，要学习好、才艺好，还要人缘好。所以，几乎全班同学都愿意跟我玩。再后来学了鲁迅先生的文章，我许诺自己要做一个大写的"人"，那是我人生中第一次那么浮夸。

不过也是凭借着这股厚脸皮的劲儿，我从一个初中入学时家里人帮我交钱勉强上了普通班的普通学生，变成了"别人家的孩子"。初二开始我几乎次次考试都是全班第一，第一批入共青团，又代表全年级同学在国旗下讲话，当然还有当上班长。

鬼知道因为家里帮我交的几千块钱，我心疼了多少天，又憋回去了足足酝酿了一年的换辆新山地自行车的愿望。

我是一个爱承认自己缺点和弱点的人，所以我承认我有时候爱哭。第一次被叫家长哭,第一次被同学嘲笑哭,第一次因为家里人帮我交钱哭,第一次被喜欢的女孩拒绝哭……但是我有一个习惯,那就是凶狠狠地抹眼泪。我哭完了就一边喘着气一边用力抹眼泪,然后在心底大声骂自己几句,像是把自己撕成碎片一样,最后乖乖地去写保证书。

我保证下次考试要考好,我保证再也不让家里掏钱帮我上学,我保证再也不跟喜欢我哥的女孩表白,我保证再也不做一个连自己都看不起的人了。

一路跌跌撞撞,倒也活过来了。没什么太值得纪念的事,以至于被问起我青春里最疯狂的事情,我只能抱着被打死的心态说熬夜通宵学习,然后考第一。

我没有什么资本讲一些人生大道理,但也想凭着自己的小失败和小成功告诉你,总有一天会是明天,总有一刻会是到达。

我常听到周遭有关抱怨的声音,身材太差所以嫁不出去,头脑太笨所以成绩不好,家境贫寒所以没有朋友,不爱谄媚所以丧失机会,工作做不好总是挨骂,跟父母许久未见却动辄吵架,失恋之后还有失业……好像整个世界都想要给你点儿颜色看看。难关太多,辛苦辛苦。

其实只是你不知道,在你的一生中,难免会遇到这样或者那样的困难,用一颗平常心去思考,想明白了就低头努力,也许努力的过程有些痛苦，时间有点儿长，但是你要相信，那些你以为过不去的坎儿，早晚都会过去，要对时间有耐心。

接下来聊聊我的高中生活，也是我青春里最抹不掉的回忆。

不了解我的人会说我因为聪明而考上北大，了解我的人会说我因为笨拙而考上北大。是的，我承认我足够笨，因为我过去所有想做到的事情和想实现的梦想都是靠一步一步、一点一点、一个白天一个黑夜慢慢拼出来的。我做不到只要看看习题就知道答案，只要想想就能如我所愿。

我不是神的孩子，却也和大多数人一样，没有白吃苦。

我记得高一时数学老师经常开玩笑说我笨；记得爱给我讲题的女孩说我理解不了函数是基因所致；记得我连作业都是一半会做一半空白；记得考试时流下的大大的汗珠和爬满整张卷子的红叉。

所以，一到上课我就拿着红、黑、蓝三种不同颜色的笔在手边两个笔记本上写写画画，下课后水也来不及喝，就忙着整理课上讲的重点和难点；买来三四本课外辅导书，即使没有时间也挤出时间来，从讲义看到练习题；把每次考试的卷子都分析得透透彻彻，连着激励自己的话和出题人的意图与心情都记录下来。

每个星期做五套卷子，每天楼上楼下跑十几趟老师办公室，后来我发现数学好像并没有想象中那么不可战胜。三年，整整十二个笔记本，十个错题本，叠起来连夹子都夹不住的习题册和试卷……

分数终于从两位数变为三位数，慢慢突破，最后高考时出乎意料地得了满分。

我终于开始相信天道酬勤了，也慢慢理解了什么叫作熟能生巧和聚沙成塔。

整整三年，我第一次知道为了梦想努力付出是什么滋味，知道由一百多名到全校第一的蜕变过程是多么艰辛，知道跪着坚持也好过站着死去，知道负担终将变成礼物，而所有受过的苦都会照亮我的路。

深夜围着田径场一圈圈跑却不知道疲惫是什么滋味，大半夜不睡觉偷偷爬起来在阳台上背英语背到哭，桌上写着"北京大学"四个字的梦想字条撕了又贴，看起来真矫情，可是真的就这么过来了。

我还记得高三时参加北大的自主招生考试，两个星期几乎不听课做准备，看新闻、看报纸、做习题、练面试、背四级、读时评，带着总考状元的光环和班主任、年级主任、校领导的期盼，带着沉甸甸的梦想和全家人的心愿去考试，结果输得一塌糊涂。

我的北大招生老师说，不求超常发挥，只求正常水平，但是我连正常都没有做到。在下午英语、历史和政治三科考试结束铃声响起的时候，我突然意识到有足足六十道选择题的答案没有涂到答题卡上。看着没有对准时间的手表，我觉得老天一定是跟我开了一个巨大的玩笑，交了大片空白的答题卡后，我也空白了。

那么多日日夜夜的准备，辛辛苦苦的付出，连同掉落的头发和干枯的梦想，一起消失了。

最无奈的就是，我不是没有能力，而是没能把能力发挥到极限。那天是我高三唯一一次哭，哭了好几个小时，我在承认自己没出息的同时，承认有时候人生并没有那么如意。没有加分，梦想中的北大离我越来越远。我开始焦虑，丧失了信心，在距离高考不到三个月的时候，我的成绩出现高中以来最严重的一次下滑。那时候我跟自己说得最多的一句话就是："再见了，北大。"

不过没关系，梦想是一辈子的事，尽管努力吧，反正再差我也不会输掉整个人生。

就算挫折再多，打击再大，眼眶再红，我也坚持每天起早贪黑，听课、总结、做题、反思，哪个环节我都要求自己不要落下。虽然三个月来每次考试的成绩都没有起色，但我也没有放弃。青春最大的好处就是可以不言败，趁着骨子里有傲气和热血，一直拼下去。天晴以后，回头看看，你一定会笑着说："这一切都不过是小事一桩。"

所幸几个月低谷里的摸爬滚打没有白费，高考给了我一个公道，我如愿以偿地考上北大。现在的我在读大学，然而初入大学时有一种想退学的冲动。学校里全是强人，他们英语好到你觉得自己是外国人，他们数学好到你想把彼此的脑袋换一下，他们会办社团，会交际，成绩好，连琴棋书画都样样在行。

不过没关系，只要不停地跟自己比，就会一点点追上去。

我虽然不在年级前几名内，但也拿了奖学金；凭着认真，得到了老师和同学的信赖，做了班长和学生会主席；跟着哥哥创业做护肤品，从大二开始就经济独立；出书、上电视，就差一段完美的姻缘了。

可是你知道吗，我大一刚入学时是开会、听课坐在最后一排一言不敢发的胆小鬼，为了一个学生活动整整几个通宵不睡觉，放着大好的暑假不出去旅行反而窝在家里对着电脑一点一点梳理我想说的话。不过，也正是如此，才有了现在的我，不完美，但在不断努力走向完美。

不努力，枉青春。

别信什么所谓榜样，也并没有什么正能量，那些"鸡汤"大都是他人痊愈后的疤痕。通往成功的路上注定孤独，因为倘若不孤独，成功也就没有了意义。我相信这些大道理你都懂，只是有时候碰到困难会软弱，遇到失败会退缩。大多数时候你想着努力让自己变强大，而当你真正要去做的时候又开始懒惰，告诉自己别太累，告诉自己无所谓……挣扎着懒惰到底，最后又是伤痕累累，罪过罪过！

没关系，我也有觉得自己糟糕透顶甚至一无是处的时候。我甚至笃定，茫然和失落是我们这个年纪都会有的——时常觉得孤独，有目标却一直难以靠近，今天苦恼时大吃大喝一顿，信誓旦旦地说从明天起要有一个新的开始，而第二天从睡懒觉开始又重复着以前令自己讨厌的样子……

这时候我想说：乖，别怕，我们都一样，年轻又彷徨。

如果你同我一样倔强，同我一样不安于现在的生活，那就努力咬牙往前冲吧！

现实有时会给你耳光，请记得不屈服地抵抗。

BGM_《以后要做的事》

08

YUAN ZIHAO

PART A

在我不懂爱的年龄遇见你

爱情里是没有退路的,
更没有等待。

那些所谓的等待,
其实就是在给对方时间去接纳一段新的感情,
疗旧有的伤,
结时光的痂。

我是一个典型的学霸，高中时长得不帅，爱学习，每天抱着书，连过马路嘴里都叨念着工业革命的影响。高中三年攒下了十二个笔记本、十个错题本，单是贴在桌角鼓励自己的矫情到极致的便利贴就有三本多。上课认真听讲，十分钟的课间休息时间跑去图书馆，来回各用一分钟，其余八分钟都在做算术或者背书。放学后第一个冲到食堂，三分钟解决晚饭，回来继续坐着看书。

考第一，拿满分，上北大，全部如愿以偿，我一直觉得学霸的生活真的好累。

只有对你的喜欢像是一颗酸酸甜甜的小小话梅糖。

我来自北方的小城市，你来自威海，我们在同一所高中读书。

我第一次知道你的时候是高二上学期，那是个严寒的冬季。外面下着很大的雪，路上的人走得很慢，我抱着一大摞书匆匆忙忙赶到考场，上楼梯的时候看见了你。

时至今日，我还记得，你把头发扎上去，在头顶盘成一个圆。很长的围脖垂在你的身前，是那种墨绿的颜色。你穿了贴身的牛仔裤，大概是因为你身材好吧。那时候我还不知道你是学跳舞的，只觉得你那种清纯的样子挺好看的。

我确定你没多看我一眼。

后来我们被分去了不同的教室考试，因为你是理科生，而我是文科生。

再后来，我第一次没考全校第一。

忘记交代了，我是整个高中都知道的三好学生，长得还算说得过去，平时穿校服，干干净净，成绩好到总考年级第一。我路过的地方总有学妹趴在窗户上，隔着窗户我都可以听到她们的尖叫声。

说得有些夸张了，好吧，但至少我走过的时候她们的目光都会转向我这里，虽然我总是一副高傲得不得了的样子，匆匆走过去。

我跟我的班主任发过誓的，我不会早恋。

但是，我一直怀疑自己到底是不是一个遵守诺言的人，结果是后来我再也没对任何人发过誓。

我开始慢慢打听你的消息，知道了你学习不好，喜欢唱歌，曾是学校新年晚会上收到鲜花最多的人。还有就是，很多男生喜欢你，或暗恋，或明目张胆地告诉你。

说实话，我不喜欢一个人被很多人喜欢，倒不是因为我不自信，而是觉得如果一样东西或者一个人，有很多人和我抢，那我就不要了。不过后来我还是托好朋友大条要了你的联系方式，代价是我帮他买了一星期的早饭，并且借他抄了一星期的作业。

我的目标是考北京大学。在你出现之前，我一度以为我这样的人除了读书就只会读书，拼命考上北大后，再继续读书。当那些喜欢你的男生为了你而打球赛或者打群架的时候，我正被班主任和年级主任重点保护着。

我每天都很早起来读书，然后去学校晨读，休息的时间按照班主任的要求，我也都用在跑去老师办公室问问题上了。我每天最期待的就是晚上回家，用我那部落后到只能定闹铃和发信息的手机给你发短信。

我们的话题扩展还是因为你说要学业水平测试了，要我给你讲地理。那时候的我好笨，这些把我们两个联系起来的方法一个都不懂。你借着你是理科生的缘由，问了我好多在我看来很白痴的问题。

你说你喜欢我跟你皱眉，喜欢我骂你笨，喜欢我用笔敲你的脑袋。

你好像还说，你有点儿喜欢我。

那天我绕着操场跑了二十圈，回家后只要想你就用冷水洗脸，所以那天晚上，洗手间的灯被我开开关关搞坏了。

后来一到课间，我就跑去你的教室门口等你，然后嘴上说着你笨心里美滋滋地给你讲题，上课铃响后我再快步跑回楼上我的教室里。就这样，我们的距离慢慢变成两个楼层、两道题、两个眼神。

再后来，很自然地你再也不去逛街了，而是跟我一起泡图书馆。你用十分钟时间吃饭，之后就抱着大摞小摞的书和复习资料跑到图书馆找我。我们面对面坐着，我学历史，你学物理，时不时抬个头，不吭声，默默笑。

所以，我们相遇更多的地方变成了老师办公室和图书馆，你从一个不是很爱学习的女孩变成了班级评选里最爱问问题和进步最快的人。我时常害怕你不习惯，甚至害怕你身边的朋友用异样的眼神看你。

可是你告诉我，你不怕。

我觉得我们相处时最浪漫的事不是你对我说你喜欢我，而是你说你想为了我考清华。你说清华和北大就隔着一条街，这样你出了校门就可以看到我，如果我也站在校门口的话。

虽然你跟清华之间隔了三百个人。

我一直觉得我们的组合简直就像偶像剧，一个学习很好的男生遇到了一个学习不好又疯疯闹闹的女孩，最后女孩为了这个只知道读书的书呆子放弃了身边所有的男孩。我甚至一度觉得这是我想厮守的爱情，直到有一天在图书馆，我正在做一道很难的数学题，你突然对我说："喂，我准备复读了。"

我睁着大大的眼睛看着你，不知道该说什么。

那是距离高考没几个月的时候,天气已经开始闷热了,我穿着白底蓝领子的半袖校服,胸口有红色校徽。我把袖子卷到肩膀,额头上贴着一张用凉水浸湿的纸巾,桌子上还放着一罐冰镇可乐。

你说这话的时候低着头,没有太多情绪。我问你怎么想的,我没逼着你或者要求你上清华啊。

你说让我等你,你要考清华。

那时候我笑了,我猜我那种无奈的笑一定很好看,就是那种看着你却拿你没办法,觉得你在胡思乱想的样子。

不过你确实是我喜欢的那种女孩子,做事情很利落,你说你要复读后的第二天,就消失了。我打听之后才知道你收拾好所有的东西回威海了,在这里办了休学。

我疯了一样地找你,看你的课桌空空荡荡的,跑去你家楼下,大喊你的名字,敲半天门没人应,就干脆坐在门口等了一个晚上。你最好的朋友让我别再联系你了,可我就是不听,我找遍了几乎所有和你有关的人和地方。后来班主任和校长教训我,说我不理智、不懂事,没有大局意识和长远视角。

那些日子你都忘了吗?某个下着鹅毛大雪的冬日早晨,五点钟,天色是昏黄的,还没全亮,我拿着手电筒在你家楼下等你。你家的门嘭的一声关上,我就打开手电筒,照着你家楼道出口,喊喊地小声冲你笑。你笑我头顶上落满了大片大片晶莹的雪花,比画了一个

"嘘，别人都还在睡觉"的手势就蹑手蹑脚地走出去了。我们从窗户跳进你们班空无一人的教室去学习，你困了就在我肩膀上靠一会儿，等你的同学陆续来了，我再跑回楼上我的教室里，之后就是一片嗡嗡的晨读声。

我总在想你为什么会喜欢我，喜欢你的人那么多，尤其是长得好看、家里有钱的都可以凑成一个班了，偏偏我这样的有些木讷但学习好的男生，却得到了你的青睐。不是说学习好的人与成绩差的人是不能做朋友的吗？后来你说你觉得自己很像袁湘琴，而我很像江直树。那时候不看电视的我还不知道他们是一对。总之，你说袁湘琴长得很好看，而江直树是个又丑又呆的大笨蛋，我笑着说那还真的挺像我们的。

其实现在看来，我的忧虑倒是赶不上你。你担心你不够好，觉得未来不够确定，我们能不能走到一起也是一个未知数，所以你选择了一条看似退路的路。可你不知道，爱情里是没有退路的，更没有等待。那些所谓的等待，其实就是在给对方时间去接纳一段新的感情，疗旧有的伤，结时光的痂。

我成绩退步得厉害，整整一个月都萎靡不振。妈妈因为这个总是躲在厕所里哭，我看到她哭心里更难受。我承认我是个废物、很烂，让家里人为我伤心、为我担忧。我一面想要挣脱，一面又真的挣脱不掉。

你懂那种痛苦吗？一个人学习到半夜，因为困倦睡在桌子上，醒来后又恨自己不争气，洗把脸一口气学到天亮。在妈妈起床做早饭前偷偷溜上床，等她过来叫时侧躺着，还要像演戏一样喊着没睡够不想起床，等妈妈一走，黄豆大小的眼泪就顺着脸颊哗哗地流下来。我甚至一度觉得我的人生就要毁了。

但我并不怪你。

我每天都狼吞虎咽地吃饭，起早贪黑地学习，成绩还是没有起色。看着妈妈伤心和班主任皱眉，我只能默默地低着头，不说话。后来同桌开玩笑说我是不是该看心理医生了，我才恍然觉得，我好像是不太正常了。

我不爱每天早上都洗头发了，不爱把我的白色球鞋在出门前擦干净了，校服脏了无所谓，中午没洗脸也可以睡下去。就在所有人包括我自己都觉得我考不上北大了的时候，你却坚信不疑。你总用陌生号码给我发信息，说别着急、别灰心，甚至你心情好的时候会文艺一下，说别丢了梦想。

我没回过你，甚至没问过你现在在哪里。你还好吗？还是跟以前一样被很多人追吗？

当我每天开着台灯熬到半夜甚至在椅子上昏睡过去的时候，当我每天早上靠站立听课保持清醒的时候，当我每天用咖啡和哑铃来刺激自己的时候，你都不在我身边啊。

可是我真的很想问你，你过得还好吗？我不在你身边，有人给怕黑的你打手电吗？你一定还是不爱吃蔬菜，可是嘴里溃疡了有人逼着你吃蔬菜补充维生素吗？冬天的时候你穿得少，有人替我骂你是蠢货吗？

你现在是舒舒服服地牵着别人的手呢，还是和我一样，每天都很不堪？

这些我都来不及想清楚，更来不及问。我记得我在5月底的一次模拟考试中又考回了全校第一，虽然那次没有公开排名。到现在我也不知道这个第一是不是班主任用来安慰我的。

我感觉高考一下子就过去了，好像我都没来得及准备，就匆匆结束了。这半年我像是战场上丢了武器的士兵，每天都在逃难。不过总归结束了，真的结束了。

一个月后，我如愿以偿拿到了北大的录取通知书。

两个月后，我听说你回来复读了，你还是爱把头发扎起来，盘成一个圆。

三个月后，我的大学生活开始了，我曾发誓在大学里等你，期限四年。

一年后，听说你发挥失常，只考上了一个还算不错的二本，这次你没犹豫，走了。

一年半后，无意间翻到你的微博，那些合影里的你看起来幸福极了，只是男主人公不是我。

我还挺傻的，手机里存着你的号码，厚脸皮地没有删除，备注里的两个字我羞愧得不敢说出来。我真的挺傻的，你送我的手链我一直戴在手上，朋友都说难看、幼稚、过时了，我却只是低头尴尬一笑。我就是挺傻的，一个晚上翻了你男朋友的所有微博，想看看他到底哪里比我好。翻到每一条你们在一起很开心的微博时，都会用小号在底下悄悄点个赞。在他说你生病了天天撒娇麻烦他的微博里，我留言说你不爱喝药，多给你买些水果，你不爱吃苹果，就削了皮打成苹果汁，这个你最爱喝了。

　　后来的那个暑假我一个人躲在家里，拒绝了所有的实习邀请和实践活动，把《恶作剧之吻》的碟片看了十几遍。我手里攥着当年写给你的说要永远在一起的情书，泪流不止。电视里袁湘琴的声音很大很好听，我却泣不成声。模糊的视线里，他们总是抱在一起。

　　我知道青春里有很多种奇形怪状的爱情，甚至有些都不算是爱情，它们扭曲着，占据着我们不可磨灭的记忆。我站在岁月的巨大窗口下，所有在我还不懂事的年纪里遇到的人、发生的事，都以无声的方式腐烂，随着我背后轰然倒塌的青春，一起埋葬在这座不朽的城市里。

　　朋友劝我把你写进小说里，我说你对我来说，哪里只是故事啊。

　　现在的我慢慢在电视节目里、报纸上、新闻里曝光，总有人问我初恋发生在什么时候，我从不避讳地讲初中时有过一次爱慕和冲动，在高中时则有过一次认真的心动。匆匆那年，有一个小公主，她唱歌很好听，新年联欢晚会上，我坐在台下看她又跳又唱，感觉自己像极了丑小鸭。她笨到偏偏编个了鬼理由，说喜欢智商高的男孩，所以跟我在一起，说什么她是袁湘琴我是江直树。这么多年我一直承认她是我的初恋。

  写到这里，好像一下子回到我给她讲题，她说要为我考清华的青葱岁月。**老校区破旧不堪，图书馆里，她坐在我对面，偷偷地看着我，那真是再好不过的时光了。**

BGM_《修炼爱情》

09

YUAN ZIHAO

PART A

哪里来的永恒,
世事皆短暂

两个人在不对的时间走到一起,
其实只是因为彼此都很孤独,
孤独到更深刻的程度,
就成了爱情。

我从小到大都是一个按时交作业、吃饭不挑食、见到妈妈的朋友微笑着点头说"阿姨好"的好孩子。

我应该不算早熟吧，可小学一年级放学时，班主任要求同学们手牵手排队列，只要碰上女同学，我的脸就会红成大灯笼。

班主任是语文老师，五十岁左右，姓田，我们都叫她老田。老田的体形是标准的矮胖，她头发油得发亮，眼神并不好，但心眼儿多，教室里任何的风吹草动她都一清二楚。

有一次她在前面讲课，我拉起了同桌女孩的手，教室里灯光并不明亮，有些昏暗，我们就这样偷偷拉着。

其实我也不知道是为什么，毕竟那么小的时候男生和女生没有那么明显的界限，大家都是好朋友，甚至很多院子里的小男孩小女孩手拉着手飞跑，都只是最简单的嬉戏罢了。

和我同桌的这个女孩每天早上都会帮我重新系一遍红领巾，因为我系得实在是让人看不下去；她会故意剩半袋温热的牛奶，冒着每次被她妈妈说磨蹭的风险拿到学校里来让我喝掉，虽然这么多年来，我的身高还是对不起产这些牛奶的奶牛；她下课就爱习惯性地帮我削铅笔，以至于每次回家我都会被妈妈训斥今天怎么又没动笔学习。

我喝水的时候她也拿起水杯喝水；我拿着铅笔戳下巴故作深沉时，她模仿我做一样的动作；我习惯用左手写字，她偏要跟着我改用左手；我喜欢小跑着下楼，她也小跑着下楼。

这些都被我看作是情窦初开的信号，何况还有牵过几次手做铺垫——老师要求放学的时候排成两列，同一排的两个同学要手拉着手往校外走。在二百五十六次放学拉手中，我们有三次被安排在了一起。

也就是说，我们也是牵过三次手的人了。

继续说第一次上课牵手的故事。其实那时候我们的手一直在抖，已经完全没有新鲜的感觉了。由于害怕被班主任发现，我还拿我的作业本盖在我们手上，以为这样就万事大吉了。

现在想想，都怪老田还没讲掩耳盗铃这个寓言故事。

我们也真是天真，老田发现了我们之后说不许动，我们就真的没敢动。我的身体像是触电了一样一直在抖，直到她走过来把我们拉着的手打开，并且飞快地把我从椅子上拎起来，我才断电。

之后和你们猜测的差不多，我们被叫了家长，当着爸妈的面被班主任狠狠地批评，不过反差很大的是，我没有哭，她却哭得很厉害。并不是我逞强觉得男子汉要面子不能掉眼泪，也不是她有一颗易碎的玻璃心，而是她在很委屈地诉苦时必须配上眼泪——"老师，是他主动拉我手的，还不让我松开。"

后来我们被调换了座位，讽刺的是，我的新同桌是个男生。

哦，对了，从那以后到小学毕业，我和那个女孩没再说过一句话。去年小学同学聚会的时候，我听老同学说她考上了表演系。

我哈哈大笑，祝她早日大红大紫吧。

其实我还是很怀念，那时候我们才比课桌高一点点，站起来我正好到爸爸衬衣的第五颗纽扣的位置。午后有很好的阳光，暖煦轻柔，透过窗子懒懒散散地倾泻进来。阳光强烈的时候，她的裙子很好看，被阳光衬得漂亮极了。那时候窗外有白鸽，稀稀疏疏地停在电线上，就像是镶在澄澈蓝天里的画面一样，美得像极了童话。

嗯，最怀念的当然还是我穿着白色衬衣和深蓝牛仔背带裤，她穿着裙子梳着马尾，我们的身上都带着淡淡的夏天的气味。

还有，慢慢转悠的吊扇正下方，两个小小少年牵着彼此发抖的手，偶尔咽一下口水。

想想就感觉夏天真好。

其实我人生中第一次的怦然心动应该是初中。

初中的时候我学习成绩好，还当了班长，人缘不错，可以说除了长相之外真的是无可挑剔。忘记交代了，那是我人生中身体最圆润的时候，身高和体重第一次在170这个庞大的数字处汇合一致。我的侧脸和正脸没什么区别，如果你见过球状物就应该有概念了。我睡觉的时候不会侧躺，因为那样脸上的肉会挤压到眼睛，我心里真的过意不去。

即使这样，我身边的女孩也并不算少，其中跟我最好的是半牙小姐。

半牙小姐是我见过的为数不多的善良女孩之一。之所以叫她半牙小姐，是因为小时候她被玩伴推搡，摔到石头上磕掉了半颗牙，还恰恰是最明显的门牙。

其他人拿这个开她玩笑，说她冬天漏风夏天灌雨，然而我没有，甚至每当这时都会冲上去把那些口出脏话的人吓跑。我明白在那样一个年纪，一个女孩最需要的和最不想要的是什么。

其实到今天我还记得她爱抄我的作业，早上早到，我半睁着睡眼啃面包，她在一旁奋笔疾书补作业。也记得每天晚上她都会给我打电话，问我当天留了哪些作业，所以到后来，我干脆拿便利贴记两份作业，一份贴在自己的铁质米老鼠铅笔盒里，一份贴在她的脑门儿上。还有，考试前她爱让我给她讲难解的数学题，我爱模仿数学老师卖关子，然后逼着她说像我这样会给女孩子讲数学题的男生是世界上最帅的男生了。

每天放学我们都一起回家,因为家离得近,总有一大段同行的时光。那时候我们都骑着小型的电动车,有时候她的车没电了,我就载她回去。我记得回家路上有一个上下坡的隧道,下坡的时候不用给电,车子就可以飞快地穿过昏暗的隧道。

每到这时,我们都爱大叫。

隧道里黑暗到看不清四周,下坡的速度快到让人兴奋,我们一起大声唱着当时很火的孙燕姿的歌,很大声很大声——

"触电般不可思议,像一个奇迹,划过我的生命里,不同于任何意义,你就是绿光,如此的唯一。"

现在再想起那段时光,仿佛我还在穿越那个昏暗的隧道,仍然看不清的四周,那些人,那些事,那些校园里的青葱时光,倏忽与我擦肩而过,带着巨大的轰鸣声响,一起倒塌沉睡在我一去不复返的年纪里。

然后一切就变得陌生起来。

写到这里,我已经热泪盈眶。我感觉我就像是一个站在岁月巨大窗口前的少年,楼宇林立,车川流不息,我身边的女孩恋爱又失恋,有的几经周折已经嫁人了。我开始怀念那时候每天放学都要打扫卫生,把每个人的凳子都倒过来放在课桌上,最讨厌黑板上课代表用歪歪扭扭的粉笔字留下的作业,最喜欢每天放学骑着电动车穿过隧道。

风灌进我们蓝白相间的校服里,那样子就像是我们要飞起来一样。

校园的广播站，长着胡子的教导主任，面包房里飘出来的焦香味道，自行车区，落叶，逗留的少男少女……所有和所有。

他们都以最陌生的姿态清晰地出现在我的脑海里，我没有办法不去想我的那些小日子、小梦想、小情绪，以及小到我都快要记不起来的故事。

都还好吗？

我没有跟半牙姑娘表白过，也没有牵过手，我们只是每天一起出出入入，谁也不习惯没有对方的日子。

所以那时候的习惯就是早上一条短信发过去，问哪里见，晚上一条短信发过去，叫她快点儿睡。

半牙姑娘有很大的眼睛和很漂亮的双眼皮，她因此总爱嘲笑我。她是那种典型的平凡的女孩，成绩中等，每天无忧无虑。我在做一道道难解的数学题的时候，她就在一旁乱叫，无非是新做的美甲被划了一道儿，或者刚买的彩色笔记本被张三吃零食的手弄上了油渍。而我是那种电视剧里优质的男主角，穿着白色校服，留着干净利落的短发，在教室里阳光最好的窗口下做着数学题，大口喝着冰镇可口可乐。只不过我一点儿也不帅罢了。

她跟我最好。

关于这点我深信不疑。

甚至有时候同学们都说："你们就是一对嘛。"这时候我都会脸红，然后不好意思地警告他们别乱讲，半牙姑娘反而会笑，一笑，一颗半的门牙就露出来了。

毋庸置疑，她的笑天底下无敌美。

有一次放假，可能睡得太多脑子昏沉，我竟然给她发过去一条"想你"。我那时还年轻，不懂事，发了以后脸涨得通红。我感到心脏就要跳出来了，呼吸困难，满眼都是亮晶晶的小星星。

我恨不得摔了那个手机，但是没舍得。

我赶紧删了那条短信，但又知道这样没用，已发送的标记就像刺青一样。

后来她一天没理我，见我就躲。

自此之后再也没有说过这样糊涂的话。我觉得我们都习惯了心照不宣的相处模式，而面对突然的甜蜜，都有些措手不及。

时间是世间最快的东西。

三个柳絮漫天、蝉声萦绕的夏天以及三个白雪皑皑、树木如枯柴的冬天过去之后，我们毕业了。

考试结束那天，我不知道有多开心。我记得那天很热，我和哥哥以最快的速度往家里跑，在路边的报刊亭买了六十元的游戏点卡和两瓶冰镇雪碧。

要知道，六十元几乎是我那时候口袋里全部的钱了。

回到家里就开始安装被爸妈删掉的游戏，然后打了半个晚上。

临睡前我看手机，发现几个小时前她发来短信："你是不是要去外地读书了？"

要是现在，我肯定会说："傻姑娘，我怎么会离开你，我会一直陪在你身边。就算我们不在一起了，也要像在一起一样。我会想你，会打电话给你，会约你出来玩，会常去你家找你。"

然而那个时候，我只会说："是的。"

我要离开你了。我终将离开你。

一个毕业几乎改变了我的所有。仿佛所有人都在一夜间长大了。我不再爱穿自以为非主流的窄腿牛仔裤，而喜欢上了运动品牌；我不再爱和身边的同学开玩笑傻笑，而喜欢上了一个人独处；我不再站在讲台上帮老师查迟到的同学，利用职务之便帮好兄弟勾个全勤，而是盯着电脑屏幕，看他们的QQ签名全部改成有关毕业的伤感话语。

那时候我才知道，没有什么是永恒的。

你以为和你感情好的人，也一定会有欺骗和背叛你的一天，只是你现在还不知道罢了。你觉得一声"朋友"大过天，可当阔别几年再度重逢的时候，你会因为陌生而缄默，不知道要说什么。两个人在不对的时间走到一起，其实只是因为彼此都很孤独，孤独到更深刻的程度，就成了爱情。

我曾经以为半牙姑娘是我人生中最不可多得的那个人，然而我们也就是在那个毕业季之后陌生起来的，随着秋冬转换，随着离别到来。

我开始发现她爱化妆、爱逛街，已经不再是那个跟我一起穿着蓝白色校服骑着车飞快穿过隧道的爱迟到的姑娘了。我发现她有了新的朋友和圈子，而开始慢慢远离我了。

半牙姑娘，你知道吗？很多时候，我想对你说的话都变成了"在做什么"和"晚安"这两句。

而即使是这样简单的话，也没有得到你的回复。

后来我为了所谓的前途去了别的城市，在那个学校我没有一个老同学，而我那些要好的朋友，都在本地的重点高中念书。

那是我人生中第一次感到无助。

真的，我感到极其无助。

我所在的学校是郊区县一中，那时候还是老校区，我要和七个同学挤在一间宿舍里，我现在都记得我当时皱眉的样子。

我没过过寄宿生活，当我把被子扔在写着"2号"的床位上，灰尘四起时，那种味道真是让人压抑，像游泳馆里的消毒液一样。我打扫房间，关上门时有刺耳的锈迹摩擦的声音。我挂上蚊帐，恨不得把那个挂在墙上的巴掌大小的电风扇拽下来，要知道，它转得比宿管阿姨说话的速度还慢。

再后来，我很少回家，听说他们都很好，她也很好。

他们通通在一个学校,我最好的朋友们已经拜了兄弟。他们每天出出入入都在一起,一个人挨欺负,就会有一群人帮忙出头。她有了要好的男生朋友,那个男生我初中时就认识,他们感情不错,听说男生对她很好。

其实这不难想到,我在异地读书,和他们几乎断了来往,我知道这只能怪我,在他们最需要我的时候,我却没出现。

我在另外一个城市里,活得只有一个目标,那就是考上大学。我感觉那时候我所有的事情都是学习,而这也恰恰能让我摆脱所有情感痛苦。每当我想到自己离过去越来越远时,就安慰自己,我在为我的未来奔波。

差不多每隔两个星期,我可以用一次手机。每次都会检查有没有来自半牙小姐的短信,结果都是一样。

没有。

难得有一次收到回复,她说:"他不让我跟其他男生联系,所以别给我发短信了,这条也别回我了。"

我不记得末尾是"求求你"还是"谢谢你"了。

总归都一样。

有时候我忍不住联系了她,她都会说不方便,千万不要给她发短信,等他不在了的时候再回我。我跟他是好朋友,知道他爱吃醋,所以我总笑笑,对自己说没关系。

我记得很清楚,有一天我在准备月考,坐在床上背第二天要考的诗词,许久不联系的她一个电话打过来,一下子就哭开了。听她断断续续地讲完,我才明白是两个人闹别扭了,她找不到他了,手机关机,常去的地方也找不到他,她急得直哭。

她问我在哪儿,能不能帮她找他,我为了不打扰哥哥复习,小声说我当然在外地了,而且正在复习呢。她急得不知道该怎么办,只是潜意识里感觉无助的时候要来找我。她哼哼唧唧挂了电话,我低头就笑了。

那次考试我退步了几十分,作文第一次也是唯一一次偏题。

作文的要求是以"永恒与短暂"为题,写一篇不少于八百字的文章。当然,要求里还写了内容思想要积极向上。

我开头第一句话就是:哪里来的永恒,世事皆短暂。

老师说我思想晦涩,感情阴暗,应该去看看心理医生。

那是高中三年她唯一一次联系我,之后再没联系过。2012年,我如愿以偿考上北大,上了一档收视率还不错的电视节目,那晚她发来短信,说:"我妈夸你变得帅多了。"然而我没有回复。

BGM_《她说》

PART A

来日方长

很多时候,
你觉得你被朋友抛弃和背叛了,
别失落,
你要相信,
只要你再往前走一步,
他们就会回来。

再见到他们时，我几乎快哭出来了。

先到了两个女孩，其中一个是当时跟我搭档做英语课代表的，我们为了谁去抱作业本还吵翻过；另一个我记过她晚交作业，惹得她记恨了我半个学期。我是第三个到的，尴尬得不知道说什么好，摸摸桌子、摸摸椅子，实在无聊，打开手机又没有新消息，平时跟我聊天的死党们都像有意躲起来了一样。我索性盯着她们的碎花衣服看，小声念叨着"这裙子的碎花可真漂亮"。

没一会儿，人就来多了。Z同学戴着一个口罩，一见我就说下巴动了手术还没好，今天喝不了酒。一起来的女同学说他整容整残疾了，连餐具都不用给他准备，交完份子钱他就可以打道回府了。老黑和大个儿一起来的，矮的黑，高的白，画面感太强。时代姐妹花出场了，四个人妖娆多姿的，比餐厅的墙还要白，个个穿着带跟的鞋，站在我旁边都可以帮我治颈椎病，真是一点儿面子都不给我留。

随着大家一声吆喝，女神来了，就是你们脑海里女神的样子，长发披肩，白色裙子，精致的小包，化淡妆。小海和老牛一伙人也来了，男生就是这样吧，不说话，装沉默，进来时挺胸抬头，一副要打架的样子。小辰最后来的，拖了几箱子酒，原本喧闹的局因为十六瓶五十二度的白酒和三十二瓶啤酒瞬间冷掉了。

"今天不醉不归啊。"

五年前的初中毕业聚餐上我们也说过同样的话，只不过那时候我们都还小，拿着雪碧和矿泉水都可以不脸红地说"干杯"和"一醉方休"。五年后我们都长大了，女生穿起了裙子和高跟鞋，男生一根一根地抽着烟。老同学见面总是这样，先是放不下架子，每个人都端着攒了好几年的架子，然后等桌上的某某说起另一个人当年的笑话或者蠢事的时候，就哈哈大笑起来，气氛也就随之带动起来了。

通常都是谁追过谁，以及他们在一起后被老师和家长吊打这样的事。

我们的初中是全市最好的中学，每年升学率都稳居全市第一，我当时被划到了别的学校，后来择校才考来这里。当初择校考试时我一定是废物到极点了，考得很差，没有进入实验班，哥哥却以优异的成绩考到了实验班，如同给了我一个响亮的耳光。实验班的同学被免除了择校费，我却可怜兮兮地跟着爸妈去交了好几千块的择校费，现在想起来还是很心疼。

实验班用电脑上课，教室是木地板加空调的配置，桌子大到把所有科目的卷子都铺开也能容得下。一个班四十人，这在 2006 年的夏天是想都不敢想的了。而我所在的普通班呢，水泥地，吊扇，八十人，课桌小到总要跟同桌画三八线。

最关键的不是这些硬件设施——实验班里有我的小学同学，玩得好的发小也在，而我所在的普通班里一个要好的旧同学都没有。也不知道自己当初为什么那么矫情，就在本子上写了什么错过与伤感之类的话。我清楚地记得当初坐在我旁边的两个同学，带着一身痞子气，要带我打群架，差点儿把我吓哭。要知道，我从小就是少先队员。

我在初中算是顺风顺水，考试几乎都是全班第一，成绩足以杀入实验班的范围之内，这让我的班主任有一种扬眉吐气的感觉。竞选班长成功，当上英语课代表，每天无所事事，我就爱站在讲台上给大家留作业，留完了就转换成班长的身份，维持纪律，哪里有风吹草动就记在本子上交给班主任，现在想起来真是讨嫌死了。

我确实是个讨嫌的班长，费尽心思制定班规，迟到的要怎样，说话的要怎样，不交作业的要怎样……体委和纪律委员是我最好的朋友，跟他们联合起来，真是叱咤风云。我在墙上挂了一个小板子，奖惩分明地记录着这个班级里的每个同学的一举一动，还搞了很多班级建设。最让我有成就感的一件事就是班级日志到现在还保存着，里面的文章读起来还津津有味，好像谁的神情就在本子里藏着。

我们班一直是年级普通班中的老大，无论是学习还是纪律评比都是第一，流动红旗几乎就没离开过我们班，我也因此很多次获得了"优秀班长"的荣誉。利用当班长的职务之便，我跟大多数同学都玩得超级好，所以到了初三毕业，我因为散伙而哭得不像样子。

我常跟我哥说："你们实验班都是学习的机器，我们这里才是有血有肉的兄弟姐妹。"

我的兄弟确实不少，最要好的就是体委Z同学和纪律委员老黑，每天放学都要三剑客似的一起走，早上趁晨读前的几分钟疯跑到操场小卖部里买面包夹烤肠，两根烤肠加一瓶可乐，是不变的搭配。回来晚了就要被班主任罚，一起站在教室外面，嘚嘚瑟瑟的样子，时不时捅一下彼此，然后咯咯地笑，或者趁班主任不注意时低头咬一大口面包，罚站的工夫就把早饭解决了。

我是一个超级重感情的人，狮子座，爱胡思乱想，一个人的时候安静到觉得孤独不可抵抗。白天热闹，深夜寂寞。好在我爱学习，不然一定会疯掉。正是因为我非常看重感情，所以才会更加纠结于这些友情。

饭桌上一开始气氛很差，大家有的隔了五年才相见，有的则隔了八年才相见；有的还在读大学，有的已经工作了，有的甚至已经是两个孩子的妈了。我知道天南海北和各自天涯会让曾经熟识的人的差异越来越大，然而我也笃信缘分带来的东西不会轻易被时间夺走。

L张罗着让班长带头说几句话,然后大家就动筷子了。一向被关在象牙塔里的我显得很尴尬,不知道该在这种二十人的场合说些什么,甚至害怕说不好会破坏气氛。然而我还是硬着头皮开口了。

曾经友情对于我来说是个巨大无比的负担,我因为这个一度想要休学。这就要讲回我的高中生活了,那时候我离开Z同学和老黑,离开我初中时所有的好朋友,去外地的一所高中读书。我所有的初中同学几乎都留在了北方那个三线小城市里,在当地读书的他们仍旧一起玩耍,而我像是"被发配的囚犯"一样与他们隔离开来。

倒不是怕寂寞,也不是怕孤独,而是在新的环境下,我总是与过去有道不完的别,有说不完的再见和想念。我清楚地记得那是我人生中第一次住宿,以前都是在家里,想吃什么就吃什么,然而到了这个寄宿学校里,事事都要靠自己。陌生感慢慢发酵,变成恐惧甚至排斥,我对那个环境排斥到不想吃饭、不想喝水,甚至不想睡觉。

事实上也睡不着,八个人一间的宿舍,只有一个小小的挂在墙上的老旧风扇悠悠地转着,密不透风的屋子里全是人体气味。第一天晚上我到三点才勉强睡着,醒来时看到枕头上落满了头发,才想到我一定是因为太热而辗转反侧了无数次。

早上来到洗漱间,看到自己狼狈不堪的样子,真是厌恶极了。我发誓那是迄今为止我见过的自己最狼狈的样子。趁着同学都去吃饭的时间，我像小偷一样拿着洗发水和梳子，在洗漱间里一遍一遍地打理着，收拾整洁了发现已经是上课时间了。

那是我人生中第一次迟到。

后来的高中生活对我的折磨远比这些多，突如其来的离家生活、学业繁重、新同学、新环境，一切都像重新洗了牌一样。我三年里积累下来的东西仿佛一夜间全部丢失掉了，我没有竞选任何班干部，甚至连组长也不想当。在给班主任的小字条上我清清楚楚地写着：我在初中当了三年班长，成绩一直全班第一，到了高中，我怕耽误学习，什么都不想试了。

我现在还记得那张字条有多讽刺，其实不是不想试，只是不敢试。我承认我不勇敢，甚至有一些懦弱。

我第一次月考目标定的是全校前100名，结果考了第140名。

然而折磨我的不仅仅是这些，我在刷那时候很火的QQ空间时，看到老同学的生活总是很失落，我看着他们去彼此的学校、班级玩儿，有的甚至分在同一个班，好像一下子就回到了那时候一起玩儿的日子，无忧无虑的。

谁说长大是好事，我真想打死他。

我是一个容易失衡的人，看着他们挺幸福的，我就备受煎熬，所以就不吃饭、不学习，一个人在操场角落里待着，体育课时一个人散步，自习课时一个人发呆，放了学坐在教室里，哪儿也不去。

那一年我的体重掉了十五斤。

后来听说他们结拜了,我好像被什么东西一下子击中了。

我只是听说,还不相信,于是就点开他们的QQ空间,九个人在一起的照片赫然在目。我才终于相信,我初中时的朋友们成了结拜兄弟。

谁说时间不会带走什么的?

当初在我左右说好要做一辈子的兄弟,如今却站在一群人里称兄道弟,我不在乎照片里没有我,却难过他们渐渐忘了我。我开始安慰自己,面对他们每个月一次聚会的照片、每个月一篇的日志,我对自己说我们分道扬镳了。

默默接受一个事实,往往比挣扎反抗要痛苦得多。所以那时候我开始拼命学习,相信我会离他们越来越远,也相信我会越走越好。

我知道我是在通过消耗自己来对抗自己,以至于深夜里总是梦见和他们一起玩,一起上下学。我不知道为什么这份感情对我来说那么难以忘怀,就好像恶魔一样缠在身上。我知道,我失去的,太多太多。

所以,我用默默无声地学习来抵抗他们QQ说说里那一句一句的"兄弟",用第一的成绩去掩盖他们的存在。我开始屏蔽他们,不去看那些所谓的幸福。

虽然我很清楚地知道,他们很好很好。

直到一年前,我听孙燕姿的歌,才好像明白了什么。我知道他们其中一个人被一群人欺负时我不在,也知道一群人被另一群人打时我不在;我知道他们其中一个人追到漂亮女孩时我不在,也知道一个人失恋一群人陪他喝酒时我不在。

直到现在,每年过年九兄弟都要聚在一起吃一顿饭,然后照一张全家福。好像我离他们越来越远。Z同学说,我远到他们只能偶尔在电视上或者微博上看见我,然而他们的评论还往往被淹没在我看不完的评论堆里。

我突然意识到,是我自己错过了太多。

终于,"干杯""干杯"的起哄声打断了我絮絮叨叨的开场白,原来我说了那么多,这么多年对这桌子人的感情,一下子像是吐苦水一样全部倒了出来。

"干杯。"二十个杯子响亮地碰在一起,像是撞碎了过去岁月的声音。

聚会都是这样,吃吃喝喝,每个人跟身边的人聊,聊以前发生在彼此身上的故事,比如抄了作业,或者是一起被罚写英文单词,好像那么多年不见面,还是被往事一点一点带出感情来了。一切都在慢慢溯源,直到追溯到八年前的模样。

我带头做游戏,每个人都要喝一杯,然后讲一个与这桌人有关的故事。长辫子姑娘说当年大嘴总拽她的辫子,有一次把辫子系在凳子上,她站起来时疼得直流眼泪,说着就要跟大嘴吹瓶。其他人哈哈大笑，大嘴拿了瓶啤酒就往肚子里灌，末了说其实他当时还把长辫子姑娘的裙子系在凳子腿上，拿荧光笔在她的本子上画了她以为是印刷上去的"love"字样。大嘴说当年眼瞎了才会看上长辫子姑娘，让她别介意，气得长辫子姑娘又哭又笑，追着他直打。

Z比那时候英俊潇洒多了，应该算是我们这群人里最帅的了，听说还交了个校花女朋友。轮到他时，我正往嘴里送一口菜，他张口就要说我们之间的故事。

他说他一直认为我是他最好的朋友，虽然那几个结拜的兄弟都在。Z说那时候我们一起上下学，一起在课上吃麻辣牛板筋，趁着化学老师转过头在黑板上写方程式的时候拿着粉笔头乱扔，每天晚上到家后要打一个电话，说一遍当天留的作业才安心。考试时不在一个考场，硬要一个等另一个，一起攒钱买一样的衣服，剪头发从来都用同一个发型师，就连眼镜度数都一样。

他说后来我读了高中，再也没联系过他，结拜时还想过我，但是一想，还是算了，明明就不在一起了，为什么还硬要在一起。一年、两年、三年，时间过去了，我们加了彼此微信却从不说话，朋友圈不点赞、不评论，甚至连以前肉麻的生日祝福语都一并还给陌生的岁月了。

他说我有错，他也不对，感情是需要相互交流的，彼此往前走一步，才能更近。

所有人都安静了，小C哄闹着说"喝酒喝酒，往事不提"。我一直记得,那天晚上有人说,我们是同学,但只要再多聚几次,就是朋友;我们是朋友,再多联系几次,就是好朋友。

美好的友情是老天的恩惠,但这并不意味着不需要经营,你走近一步,我走近一步,我们才能看清彼此的脸。我相信每个人都有很多曾经要好到许下山盟海誓的朋友,也一定有很多的"他们"和"她们"被时光的大风吹走,与我们再无联系。别怪什么岁月无情,别怨什么时空距离,所有的隔阂都是因为你不珍惜。好朋友之间没什么面子不面子的,你不抓紧,他就会遇到更好的人。

很多时候,你觉得你被朋友抛弃和背叛了,别失落,你要相信,只要你再往前走一步,他们就会回来。

孙燕姿的那首《我不难过》是这样唱的——

我真的懂

你不是喜新厌旧

是我没有陪在你身边

当你寂寞时候

BGM_《陌生老朋友》

PART

'B

那些事
教会
我成长

Those things taught me to grow up

by 苑子文

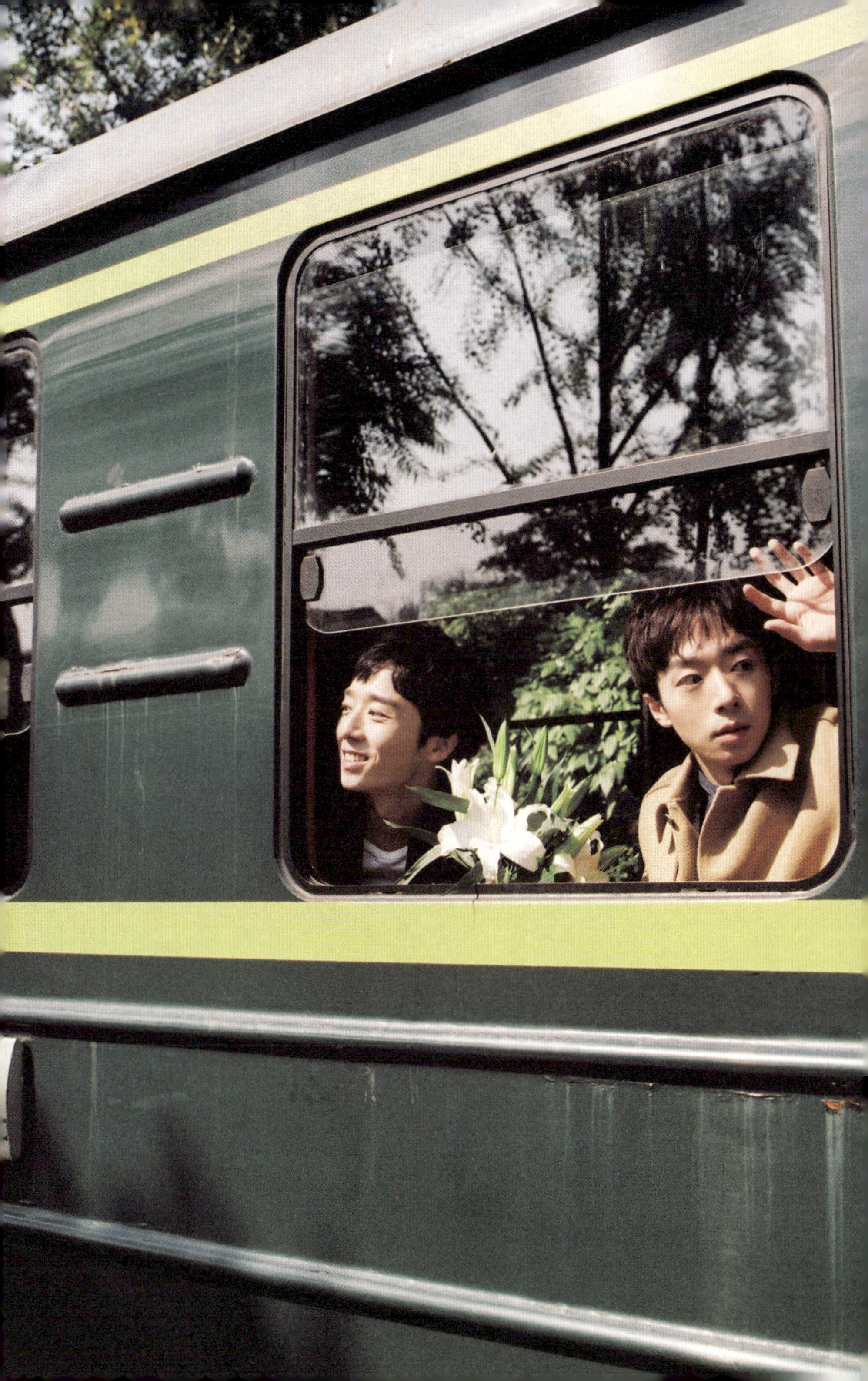

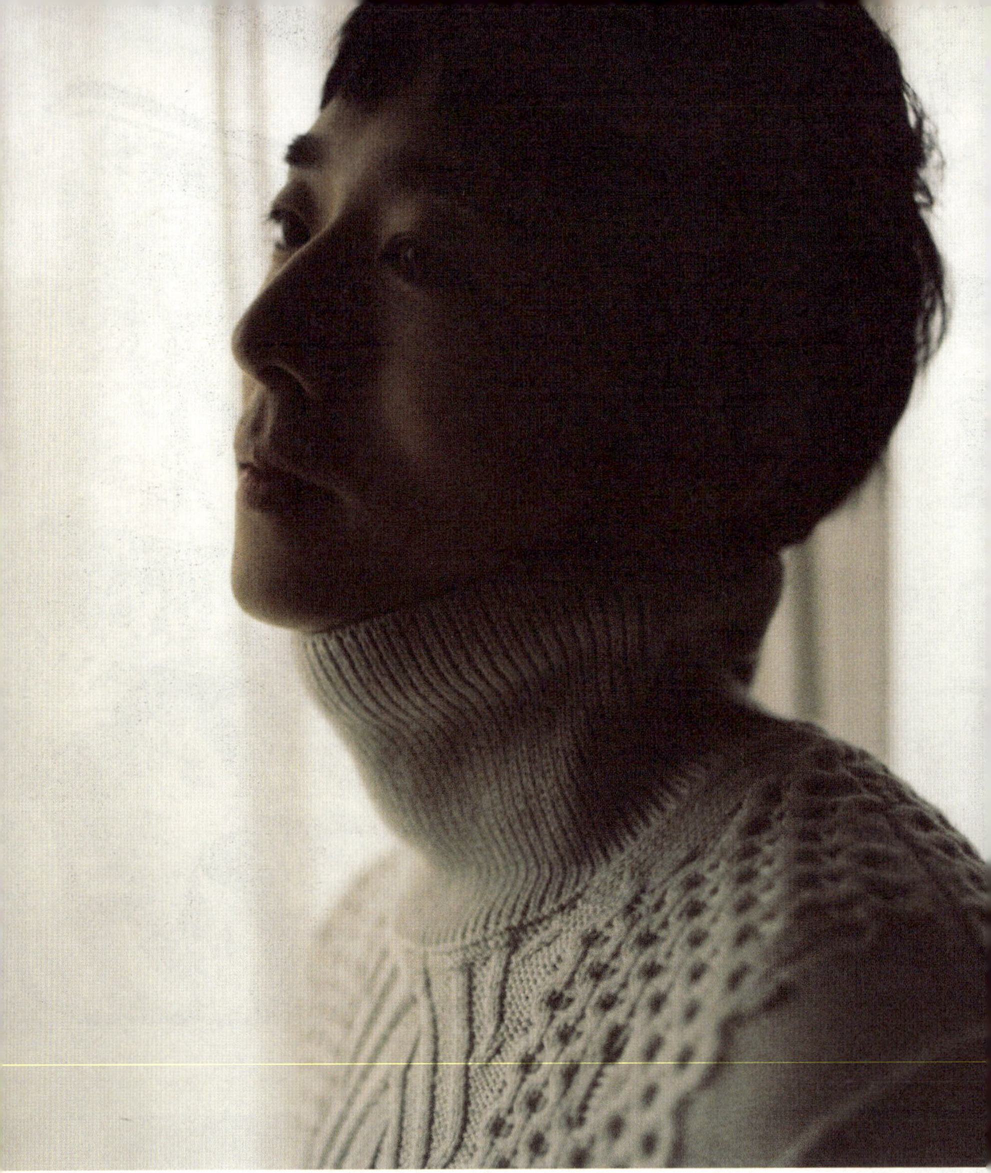

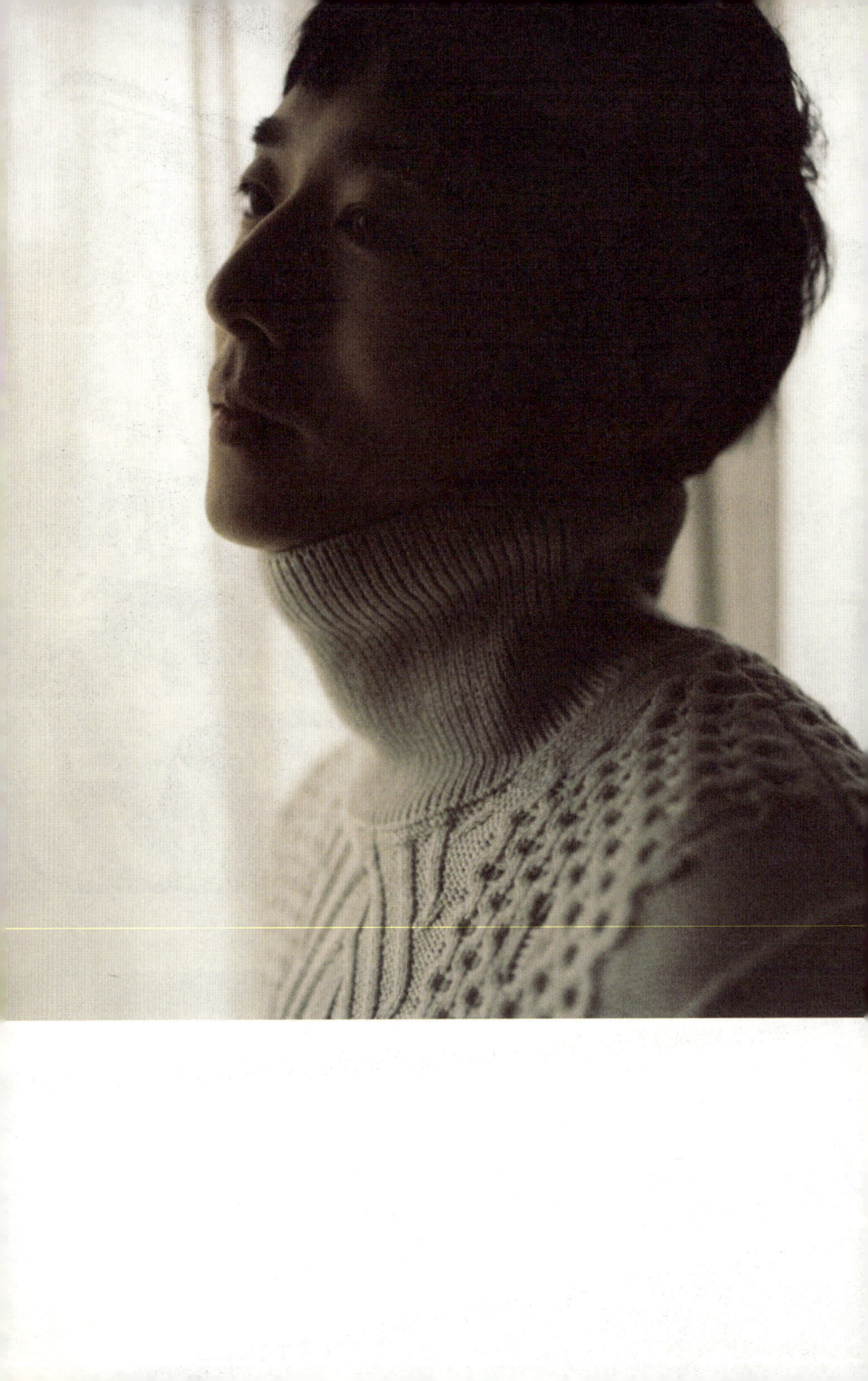

有一天，
当你不再遇到一点儿小事就沮丧，
不再心情稍微有点儿不好就发朋友圈，
而是认真工作、努力生活，
你就长大了。

不要经常感伤、彷徨或迷茫，
按内心的想法走，
去发现更顽强的自己；
或者独立地朝着理想走，
你想要的，
时光都会给你。

01

YUAN ZIWEN

PART B

人生总会有办法

我常常想，

在这车站里，

每天来来往往的人那么多，

他们应该是这个世界上最幸福的家伙吧，

因为在这里，

每一个人都离自己的目的地更近一点。

坐高铁，车站里全是人。

第一次碰见这么大面积的列车晚点，抬头看时刻表，一整列红色的"晚点"。地上一小堆一小堆地坐满了人，大多吃着泡面或快餐老实等着，也有人不耐烦地站起来，和检票口的工作人员大吵一番，好像晚点是他们的错一样。几个月前深圳因为暴雨封锁机场，几乎取消所有航班，也是这种场景，有人吵架，有人砸电脑。这总让人有收容所或者逃荒者的联想。头顶的灯光很亮，等候厅里很吵，人们脸上写满了无奈和抱怨，就像游走在北京的夜晚，站在天桥上看灯火通明的城市，有种巨大的无助感。

旅客的大包小包行李堆了一地，我拖着行李箱从其中勉强穿行，还要时不时回头看看弟弟是不是老实跟在后面。

已经开了一天的会，疲惫不堪，没想到回家也这么糟糕。

本该是吹吹空调享受假期的，却一大早坐车到北京开会，和自己品牌的合伙人谈了一上午下半年的发展计划，中午赴了一个拖了很久的约。下午开完新书策划会，又拿了很多本前辈的书，也没有多闲逛一下，买杯咖啡就认真看起来。

车站里有一对跟我年龄相仿的欧洲情侣，他们干巴巴地依偎着站在那里，几乎每一个路过的人都会对他们本能地产生好奇，此情此景下他们显得多余而突兀。那是我第一次从别人眼里看到这么无助的东西，女孩挽着男孩的胳膊，一副很安静的样子。

带着侥幸心理，我又看了一眼大屏幕，依然是"晚点"。

"哥，我饿了，还要多久啊？"

小豪终于不摆弄手机了，他摘下耳机，一副好像刚知道列车晚点的样子。

几分钟后，我带弟弟找到一家餐厅坐下来吃饭。这时候手机已经没电了，包也被书压得很沉，突然我问自己，这究竟是怎样的一天？为什么我在过这样的生活？

每天刷朋友圈看见朋友出去旅行了，或者为一件开心的小事而发一条很愉快的微信状态，我都会反观自己的生活，凌晨两三点钟的时候才从写作状态里抽离出来，睡几个小时之后，早早地爬起来开始新一天。我总是习惯第一时间刷朋友圈，给别人点个赞。好像每次早起占上前排，才会觉得心里特踏实。

人生在于折腾，我一直信奉这句话。

我是一个特别能折腾的人，好像无论什么时候，都有无限的精力。

我总觉得只要忙着，人生就没有被浪费。我承认，20岁是一个非常尴尬的年纪，你常常觉得自己不是小孩子了，要干一番大事业，但是在那些比你大的人眼里，你又只是一个小孩子；你常常觉得年轻就不怕失败，却发现离成功总有那么一小段距离；你羡慕那些活得光鲜的人，于是给自己制订很多相似的计划，却发现刚实施起来就举步维艰。我们总是在幻想和犹豫中不经意否定自己，然后灰心失落，垂头丧气。

但是你要知道，这是最好的年纪，羡慕他人不如自己去闯，做了梦就要自己去努力，人生已经没有更好的路可走，何不以行动化解紧张忧虑。我的启蒙老师常说，年轻人就该多折腾折腾，不管你多普通、多平凡，都该在这个最美好的年纪，保持渴望精神和战斗力。

我记得大二的时候，我负责组织学校一年一度的最大的学生活动，全部预算要三十几万，演职人员超过两百。尽管一直按部就班、有条不紊地筹备着，但最意想不到的事情还是发生了。

活动开始前十五天，赞助商突然撤资二十万，一句话没说就临阵脱逃了。随后各个环节因为资金不足而断掉或者搁置，舞美、道具、音响、嘉宾等，通通没了着落——眼看这场活动就要砸在我手里了。

开始的时候，我还强硬地要求对方必须按合同履行职责，后来做了退步，承诺给对方更多的条件，最后几近恳求了，然而赞助商每次都是一样的答复："非常抱歉，实在没有办法。"在那种情况下，我根本耗不起时间打官司，而我也深知，我一个学生根本打不赢一家大公司。

　　活动开始前十三天，舞台公司因没有收到预付款而和我们解除合作关系，每次我和他们说"拜托再给我几天时间"的时候，都觉得像拍电影一样，一帧一帧出乎意料地上演，拿全部的期望换失望。

　　活动开始前十天，提前约好的开场嘉宾因我们迟迟不签合同而临时改了行程，最受瞩目的明星缺席。那天我没忍住在例会上发了脾气，发泄一通之后，我觉得自己真没用，不仅控制不了局面，也控制不了自己。

　　我觉得这一切对于我来说都是很神奇的事情，好像老天和我开了一个巨大的玩笑，本该是万众瞩目的一场校园盛事，也是我最期待和引以为傲的一个品牌活动，却要眼睁睁地看着它成为一个笑柄、一个遗憾。那时候我甚至想过自己出一部分钱，把它办下来。

　　没有一个好消息，巨大的压力让我迅速消瘦，没心情打理自己，没时间剪头发，胡楂儿疯长，我觉得一切糟糕透顶。那时候经常做梦，在一条看不到尽头的公路上，我慌张地四处张望，后面是废墟，前面是看不到光明的隧道，身边弥漫的是快让人窒息的漫漫黄沙。

　　要不，放弃吧，承认自己无能又怎样？

　　不止一次，在穿梭于4号线、10号线、13号线去找赞助方的路上，我会产生这样的念头。

　　当然，放弃的念头只是一闪而过，想得更多的是怎样挣扎着拿到赞助费，办好活动。说挣扎一点儿都不夸张。印象最深的一次，我在平安里的几条小胡同里迷了路。当时为了找一家肯提供舞台设备的公司，我绕着一条胡同走了七八趟，才终于在一个老大爷的指点下找到那个隐蔽的录音棚。

进门之后，我豁然开朗。看着棚里还算专业的设备，我的眼睛亮了，恭恭敬敬地递上自己的名片，然后尽可能诚恳地请求对方赞助一些设备。经理听了我的情况后，说他要和其他人商量一下，给我一个最低的报价，然后就径直走进里屋，再也没出来。我记得那天我等了很久很久，最后一个实习生拿了一张纸给我，背面是不相关的文字，正面是全英文的设备介绍，还有很昂贵的价格。她说老板什么都没有交代。

攥着那张纸，我都不知道自己是怎么走出胡同的。

以前很感性，什么都相信，觉得遇到的人都会对自己好，听到别人说"知道你们学生办活动不容易，一定会帮你"之类的话，都能感动好一会儿。但那段时间我发现，我把一切想得太简单了，没有人会为你的人生负责，也没有人会无缘无故帮你。所以每一次幻想着有贵人相救的时候，现实都会以最直接的方式告诉我：别想了。

那几天去过最远的地方，要坐两个小时的地铁，然后坐半小时的公交，再走十几分钟的路。我还记得到公司楼下我买了一瓶冰水，咕咚咕咚喝完，喉咙都僵住了。

但是，电影里最强大的反派总是能激发出英雄最强大的力量，再难的游戏也有被打通关的一天，人最大的武器，就是豁出去的决心。

倔强、近乎偏执的我在所有人都以为没有办法的时候，拉到了两家全额赞助商，选择了一家，婉拒了一家，然后以最快的速度谈妥了新的舞台公司，并且免费申请到了最好的摇臂。

此时距离活动开始只剩四天的时间。

我一直觉得，特别口号化的东西都是唬人的，但对"年轻就不要服输"这一句却再认同不过了。那些几近崩溃的日子，那些睁开眼就觉得人生真难的日子，那些让眼眸变暗、让脚步变沉的日子，终于过去了。我所有的努力和执着，都在那一句"我没输"里得到了最好的印证。

那段日子过于疲惫，以至于活动结束后，我的解脱感远大于成就感。甚至在很长一段时间里，我都刻意避免回忆这场让人五味杂陈的活动。但是，随着时间流逝，随着接下来的一些不大不小的挫折的来临，我竟然开始感谢那段时光了。

正是因为有了那段经历，所以日后无论处于什么样的窘境，我都会告诉自己，一定会有办法，也一定会有出路的。人都是这样，吃过亏之后才发现自己成长了，忍受过痛苦之后才发现自己变得更坚强了。

永远不要以为走投无路了，你只要足够坚定，好运会眷顾你；永远不要轻易放弃，或许再坚持一下，这个坎儿就跨过去了；永远不要活得太安逸，因为你不知道别人有多努力，没有人会轻易放弃。

"尊敬的旅客,您好,从北京南站开往……"

终于要开始检票了,同一班车的乘客高兴得眼睛变得明亮,他们笑的时候,好像拥抱了全世界。

我常常想,在这车站里,每天来来往往的人那么多,他们应该是这个世界上最幸福的家伙吧,因为在这里,每一个人都离自己的目的地更近一点。

起码是离得近了一些。

嗯,火车晚点,也有开的那一刻,一旦启程,我们就会朝着自己的目标迈进。

会越来越近的,不是吗?

BGM_《裂缝中的阳光》

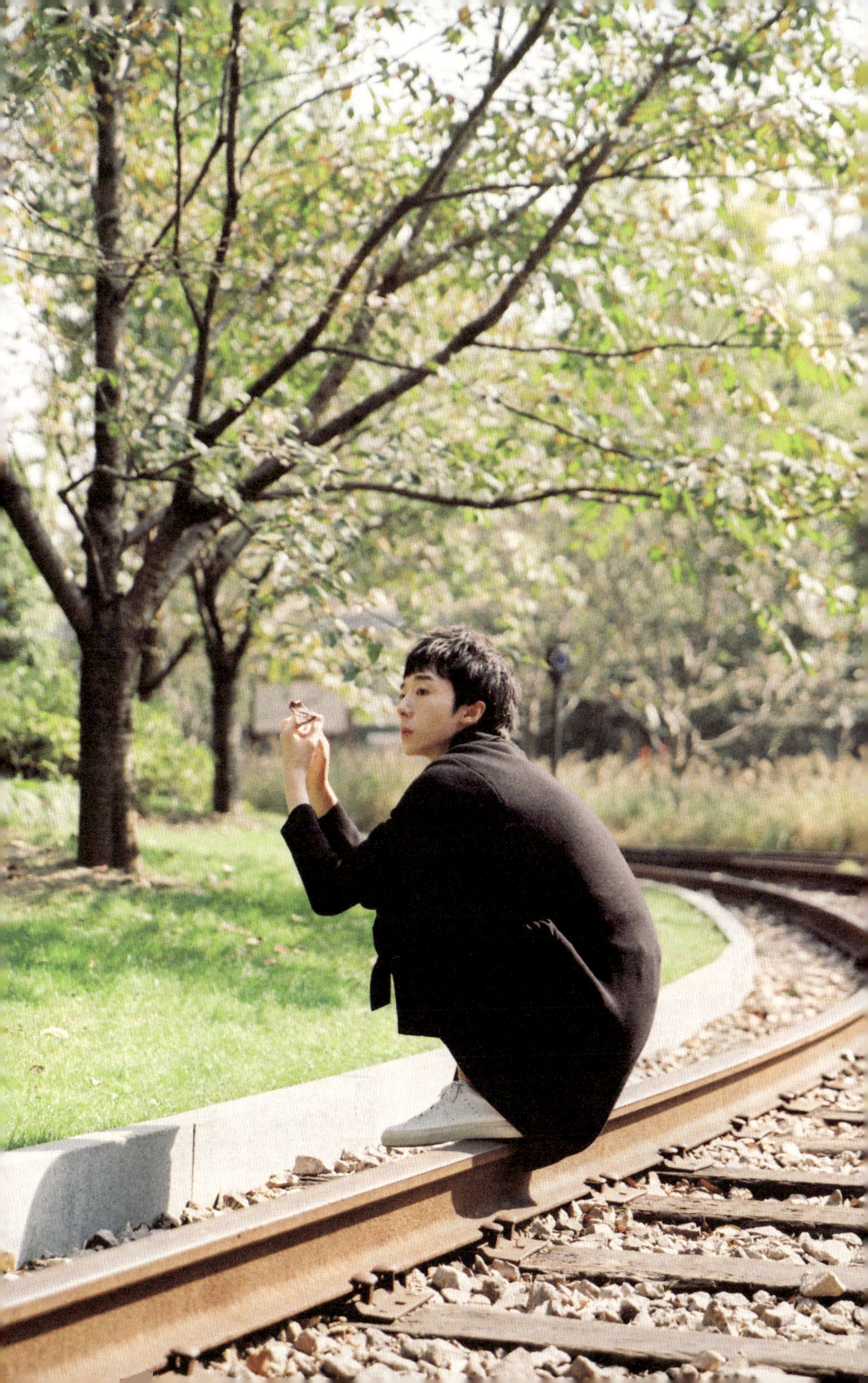

02

YUAN ZIWEN

PART B

都加油吧,
谁也不能掉队啊

我们一直都有新的梦想,
也一直在否定前一个梦想,
在这个过程中,
我们把梦想定义得更实际。

以前喜欢做梦，做那种很美的梦，因为还小，所以即使实现不了，还能推脱给"以后"。过了20岁，父母开始不断地说："你已经是大孩子了，要替自己做决定、负责任。"我也不断地给父母说："我已经是大人了，你们不要老管我了。"过了20岁，身边的大多数朋友都开始为自己做打算，有的努力钻研学术，有的早早开始实习，有的一天到晚学英语准备出国申请。

　　我看着他们，常常感到茫然无措。我要做什么？我有什么梦想？一连串问号每天在脑海里过很多遍，却总是很难想出答案。

　　跟许久未见的发小们约在那家常去的很小的火锅店聚会。

　　一如既往的热气氤氲，搭配一如既往的泛着白沫的啤酒，却没有一如既往地聊那几个女孩。挟着几分陌生，我们居然聊起了工作、未来这些以前从不会谈起的话题。

　　一个发小挺早就上班了，如愿以偿地从事了以前最向往的职业。

本以为他很幸福，没想到他却一直说："这个职业跟老子想象中的根本不一样。"他说兴趣原来不是老师，现实才是。本以为工作就是单纯地做好事情而已，黑是黑，白是白，可是，这个社会根本就是灰色的啊。老师们只会教我们辨别真命题、假命题，可现实抛出来的通通是伪命题。他一边灌酒一边豪气冲天，说："不过我很快就要解脱了，哥要换好工作了，去一家很厉害的私企当上班族！"虽然他笑得很大声，但眼神中还是很明显有一丝失落。

另一个发小和我一届，念传媒，打算到报社实习。他说得最多的一句话就是"我想好好干，当一个好的媒体人"。

"你呢？你呢？"他们热切地问。

"我啊，那什么，先干了这一杯！"我糊弄过去，大口把一整杯清凉的啤酒灌进胃里。火锅的雾气蒸腾而上，耳边的笑声越来越远，脑海中是一个大大的问号——我的未来呢？

如果在十几年前，我会说，我要做警察，穿着制服，威风凛凛的，让犯罪分子听到我的名字就闻风丧胆、抱头鼠窜。

再稍微大一点儿，笨拙的体形让我在体育场上丢尽脸面，考虑到也许犯罪分子会比我跑得更快，那我就实际一点儿，做一个大明星吧。就像林俊杰那样，一支麦克风，瞬间能让数万人疯狂。

变声期过去后，听了无数遍的歌，却依然唱不好一句词，那么好吧，我决定当个好老师，毕竟，考试才是我最擅长的啊。

然而读了高中，看老师们一个个比我们还累，课上激情澎湃，课余还要备课、监督学生自习，学生情绪不好要照顾，生个病也不能安心休假，所以觉得老师过得太委屈了，还不如当警察。

一口气把过往全倒了出来，才突然发现时间已经过去这么久了，我们现在想做的，原来离这些已经好远了。

"现在我的梦想呢，就是安安稳稳地把研究生读完，然后再想其他的。"我终于想到一个既体面又实际的回答。

随着一点点长大，我们不断更新梦想，在这个过程中，我们把梦想定义得越来越实际。

发小们都留在河北，所以每次聚在一起，我总喜欢给他们讲我在北京遇到的人、发生的事。火锅冒着腾腾热气，我们又开了几瓶啤酒，咕咚咕咚喝下去，好像这样，说话就可以痛快很多。

"北大的晚上特安静，离宿舍楼十几米远就可以听见盥洗室里哗哗的水声，在家里淋浴可听不着这种声音。楼下总有难舍难分的情侣，说来说去都是那几句话。楼道里啊，有的男生拿着一堆夜宵往回走，有的男生在谈论白天追不到的女孩，有的男生在讨论做不出来的数学题。每天，当门嘭的一声被关上的时候，我就进入了一个自我的角落，戴着耳机听歌、写作业、上网，不受一点儿干扰。没有一点儿波澜起伏的夜晚，我度过了几百个。"

我夹了一筷子菜，说实话，在北京很少吃这种传统的铜锅，好像老北京特色的东西越来越难找了。

"后来我也去过不同的地方，感受过不同的夜色。站在国贸七十一层的巨大落地窗前，一眼望去全是霓虹灯，我被这个生活了很久却依然陌生的城市震撼到了。下面是明明灭灭的灯、川流不息的车道，我能想象到，在几十公里外的西北郊区，燕园已经沉沉睡去，这边却好像开启了新世界一般，喧嚣得一塌糊涂，就像是电影里的场景。还有三里屯，酒吧特热闹，晃动的灯光和冰镇的香槟，墙壁上的投影，外文歌曲，好像多待一秒，就觉得自己要迷失掉了。"

　　我喝了一大口啤酒："所以说，北京的夜始终是没有归属感的。"

　　"记得有一次参加一个活动，公司负责筹备的姐姐为了这个事情忙前忙后，压抑了太久，在庆功宴上喝了好多好多酒，后来醉了，站在凳子上唱歌，那可爱的样子逗得大家捧腹大笑。这些还不够，趁着酒劲上头，她拍着桌子和老板拼酒，说了一大堆感性的话。后来一群人在楼下等着老板埋单，她有点站不住，扑通一声坐到了地上，先是跟着大家一起嘲笑自己的窘相，接着就突然大哭了起来。我们都惊呆了。原来这是她大学毕业后的第一份工作，也是她参与的第一个重要项目，因为年轻，很多地方都做得不周到，前前后后倾注了太多心血，也受了不少委屈。后来她躺在地上，拽着我的袖子一边哭一边说：'我现在真的太高兴了，我哭是因为我高兴，你懂吗？'那是我第一次看见女生喝成这样，心里酸酸的。和她一样的人，在北京太多了，顶着巨大的压力，拿着不多的薪水，做成事笑，做错事哭，就这样一年年坚持着。"我滔滔不绝地说着，大家都听得入神。

　　"后来大家说要一起去唱歌，我说时间不早了要回学校了，她却拉着我的胳膊说和我最熟,不让我走。其实那天是我们第一次见面。"

工作了的发小为了和同事、领导搞好关系,学会了抽烟。他从左边兜里拿出一盒红河,一看不对,又塞进兜里,从右边兜里拿出一盒玉溪,自己点了火,吸了一大口。

其他几个人朝我点了一下头,示意我继续讲,他们正听得起劲。

"后来我当然去了。讲到去 KTV 啊,一个跟我差不多大的作者 Jolin 唱《我的未来不是梦》,那个姐姐听得特别高兴,一直拍手,不知道是在给 Jolin 鼓掌,还是在给自己加油。我就坐在她旁边看着,看着映在她脸上的灯光不断变幻着,像她此刻琢磨不透的心情。这就是北京,最繁华也最落寞的地方。"

我喝光了瓶里剩下的酒,接着说:"北京啊,打车永远那么堵,地铁永远那么挤。进地铁就好像是进了特乱的集市,但不同的是,里面的人和人都努力保持着一段距离,即使是高峰时候,也喜欢拿手给自己挤出一个小空间来。我总觉得这很糟糕。有一天晚上十点多,我站在地铁里,耳机里放着特别大声的音乐,对面站着一个穿橘黄色裙子的女人,刚加完班,挎着包,手里还拿着一堆文件,地上放了一大桶新买的油。她打哈欠的时候,我就对自己说,十年后我一定不要过这样的生活。"

说到这里,我举起一瓶新开的酒,特别认真地对他们说:"我们干杯——为十年后!"

说完大家就开始起哄，笑了起来。

虽然那天我们忽喜忽悲地喝了很多酒，但最后也没聊出个啥来，即使聊了也都忘了。人总是这样，觉得迷茫、难过的时候，就喜欢醉一场，然后睡过去，好像一切烦恼都可以忘掉。但醒来后你会发现，问题其实还摆在那里，丝毫没有解决。

我却喜欢极了这种聚会，能说心里话，能说出不怕被嘲笑的梦想。每个人都在说，每句话都能被肯定。我有时候会想，这究竟是一个怎样的时代，我们每天加快脚步往前走，千方百计想着怎么能快一点儿过上自己理想的生活，却渐渐变得麻木，当被别人问起梦想的时候却语塞了。有的人因为走得太久而忘记了出发的目的，有的人因为太久没谈起梦想而一时不知该怎么说出口。

第二天醒来的时候已经快中午了，迷迷糊糊中打开手机看了一眼微信，发现原来我在群里说了一段连自己都不记得的话。我也不知道为什么总是做这么傻的事，只是盯着屏幕笑了很久。

"我们得记住今天，记住今天说的话，都加油吧，谁也不能掉队啊。干杯！"

BGM_《不懂》

03

YUAN ZI WEN

PART B

有弟的哥哥像块宝

他好像就是那种能让你没有缘由地快乐起来的存在，
哪怕阴雨天，
他也是一个小太阳。

有弟的哥哥像块宝。

当我写下这篇文章的时候,我知道弟弟一定嘚瑟得开了花。

有弟的哥哥怎么可能像块宝?从小爸妈就对我的要求更严格,每次和弟弟打架,错的总是我。因为是哥哥,所以理应谦让弟弟,应该多做家务、学习优秀、体贴父母,给弟弟树立一个好榜样。但谁知我这个弟弟最不会客气,说不让他做家务,他就真的一点儿也不做。小时候零花钱一人一块,我把我的给他,他大方地花,绝不会剩下一毛钱。而且,学习还要一直超过我很多。

弟常说:"谁让你长得比我帅。"

就因为他觉得我长得更帅,所以好看的衣服要他先选,他喜欢的衣服我不能买同款,他想看电影的时候我必须拿好零食陪着他,他想唱歌的时候即使我在睡觉也不可以说他吵——因为他知道,我说吵也没用。

跟他在一起的时候,我常觉得自己特有男子汉气概,用他的话讲,他在帮我变成一个超级英雄。

好吧,真的是个好弟弟呢。

即使这样,我还是一个不折不扣的弟控。

因为和弟弟打架而被罚站的时候,看到弟弟冲我吐舌头做鬼脸,忍不住一下子就笑了出来,伸手做出要打他的样子,心情也跟着立马就好了;拿着丢脸的成绩单,刚想哭出来,弟弟肉乎乎的小手拉住我,虽然什么都没说,但那一刻却无比踏实,好像一切问题都可以解决,眼泪就硬生生给憋回去了;如今学业事业兼顾,累到要抓狂的时候,看到弟弟满是笑意的小圆脸,突然就感觉生活中充满了阳光,值得继续努力下去。

其实从小我就想长得更高,成绩更好,变得更有力量,可以时时刻刻保护他。但这二十几年来,有一件事我一直放不过自己,每次想起来都觉得愧疚不堪。

那时候我们还在上小学,暑假在体育馆学游泳,他不好好学,总是偷懒,老师让跳的时候,他总是让我替他跳,每天我都扑通扑通多跳很多次。

后来有人向老师打了小报告,弟弟气不过,就和他抱在一起打了起来。

当时我一下子就火了,他哭着找我告状的时候,我恶狠狠地训斥了他:"不好好学游泳还老给我惹事,你怎么那么招人烦?"要是以前,他肯定气得转头就走,但那天他抹着眼泪走到我面前,强忍着痛说:"哥哥,我疼。"

我一看,他背上被抓得好几处都破了,脖子后面渗出了细密的血丝,加上泳池的消毒液沾在身上,痛得他直哭。

我一把抓过他的手,让他给我指谁打的他,他就只是哭着说:"哥哥,我想回家。"

后来我还是找到了打他的那个小胖子,下课之后把他狠狠地揍了一顿。那是我记忆里第一次和别人打架,之后再去上课的时候,弟弟总是跟在我后边,摆出一副很威风的样子,好像有哥哥在,谁也不敢欺负他。

这么多年了,每次想起这件事的时候,我都会想办法给他买个好东西,或者答应他一个要求,以此消除我内心的负罪感。也是从那时候起,我特别渴望长高变壮,这样就再也没人敢欺负我弟弟了。

是的,谁都不可以欺负他,除了我。

在他吃了饭就躺在沙发上玩手机的时候,我直接掐住他的脖子,让他学着帮忙收拾碗筷;在他健身坚持不下去的时候,我硬要他多加一组动作,做不完不能回家。

我还常常数落他不知道干正事。我自己创业开的护肤品公司他从来不闻不问,只知道每个月钱不够花的时候找我要一些;自己写书的进度也从来不关心,想写了就写一点儿,累了就睡一天。

我妈常说我操心太多,其实我知道,不是他做得不好,只是我放心不下。

　　我总说他游手好闲，但他组织了一场晚会，自己请到了十几位奥运冠军，并很快和他们成了要好的朋友；我总说他没有打算、不知考虑，但他拿了两个奖学金，还不声不响地当上了学生会主席；我总说他不懂感恩活得没心没肺，但生活中的小细节他记得比谁都牢，爸妈的生日、结婚纪念日从来都是他提醒我。

　　我对他的要求甚至严于自己，但他从来不抱怨，就只会笑。我批评他的时候他笑，我夸他的时候他笑，我也不知道他每天哪来那么多的正能量，但就是这样爱笑的他，总让我觉得世界很美好，再多的困难都会转眼而过。

　　他好像就是那种能让你没有缘由地快乐起来的存在，哪怕阴雨天，他也是一个小太阳。

　　嗯，有的人说，每天嘻嘻哈哈的人其实最敏感、最容易受伤了。你看他每天都那么高兴，好像没有烦恼一样，其实我知道，他有很多自己的故事、自己的悲伤。但是他愿意把好的一面展现给周围的人，把所有的不开心自己收藏。

　　他是我见过的最可爱的人。

　　放暑假前，爸妈来北大接我们回家。半小时前爸妈告诉他快到了，让他收拾好东西在学校门口见，半小时后给他打了五六个电话都没人接。才不是什么失踪了，而是迷迷糊糊地在床上睡觉呢。

　　我弟睁开眼第一句话就是"爸、妈，我这就到学校门口"，谁知我妈说:"我都到你宿舍楼下了,一路上怎么没看见你啊,那我们快回校门口找你吧。"

然后他贱兮兮地笑了出来,说:"爸、妈,其实我还没出宿舍门呢,你们得再等我一下。"然后收拾了半小时行李才下楼,再然后就是挨了一顿骂。

他永远是这样,不说出发不收拾东西,迟到很久之后,还一脸正经地跟你说"人生很多时候都急不来,你能做的,只有等"。

还有一次,我带他去一家人气餐厅,埋单的时候,他问谁来,我说:"呀,我没带钱包,这次你先请,以后都算哥的。"

出门之后他就没有礼貌地翻我背包,然后瞪着我说:"哥,你钱包就在包里。"我摸了一下,竟然真的摸到了:"我明明记得没带啊,刚才也没看见啊……"

就在我觉得怎么也解释不清的时候,他翻了个白眼,对我说了一句:"呵呵,逃单的哥哥。"

我追上去,摸着后脑勺说:"那你看,时间还早,哥带你看电影去吧。"他从来不会跟我客气,说走就走,但是到了电影院之后,我才发现钱包里的现金不够一百块了。那时候还没有手机支付这回事,我尴尬地又让他买了票。出票之后,我笑嘻嘻地跟他说:"下次哥请你,哥请。"他又翻了一个白眼,然后转过身去,微笑着说:"哥,我已经把你拉黑了,别说话了,我回复不了。"

他也是我见过的最聪明的人。

高考数学满分那已经是过去的事了，上大学后，我们很少修同一门课，但只要是同时修的课都会一起复习。有一次我们一起背书，我发现他每次都是画来画去不怎么认真背，但当我考他的时候，他都能倒背如流。我问他背东西怎么这么厉害，他笑笑说："大概是有种魔力或者魅力在我身上？"

再比如每次吵架我都甘拜下风，还没说两句，就觉得他说得很对，有时候好像并不认同，但又说不出什么反驳的话来。

还有一次，我们和复旦大学双胞胎姐妹雨朦、雨彤一起录节目，她们给我们变魔术，每次进行不到一半，弟弟就能看破说穿，但很多情况下，即使他解释了一遍，我还是不能明白。

看到这里估计他会笑出来吧，但我还是要说，他是我见过的最有生活态度的人。

他一直觉得，该努力的时候努力，该放松的时候放松，他从来不为无谓的事情伤神，也从不奢望什么。想唱歌了一个人去唱一下午，想看电影了还差十分钟开场打车就去，想去好的餐厅吃饭就绝不将就，在合理范围内，他从不委屈自己。

很多人和我一样，总是勤勤恳恳地学习工作，劳劳碌碌却忘记享受生活，所以常常觉得自己辛苦，甚至不时抱怨。其实大可不必，时间太快，人生太短，小心愿要学着自己满足。

现在是 2014 年 7 月 30 日 13:11，我写下这篇文字的时候，小豪正在睡觉。他是那种只要你给他枕头，五分钟就可以睡着，而且只要拉上窗帘,他就永远以为是黑夜,可以一直睡下去的家伙。

现在外面下起了雨,天灰蒙蒙阴沉沉的,已经睡了十三个小时的他,不知道还要睡多久。

哦,忘了说,他睡觉时总是一副现世安稳、天下大同的样子,我看着他,觉得有弟的哥哥真像块宝。

BGM_《翅膀》

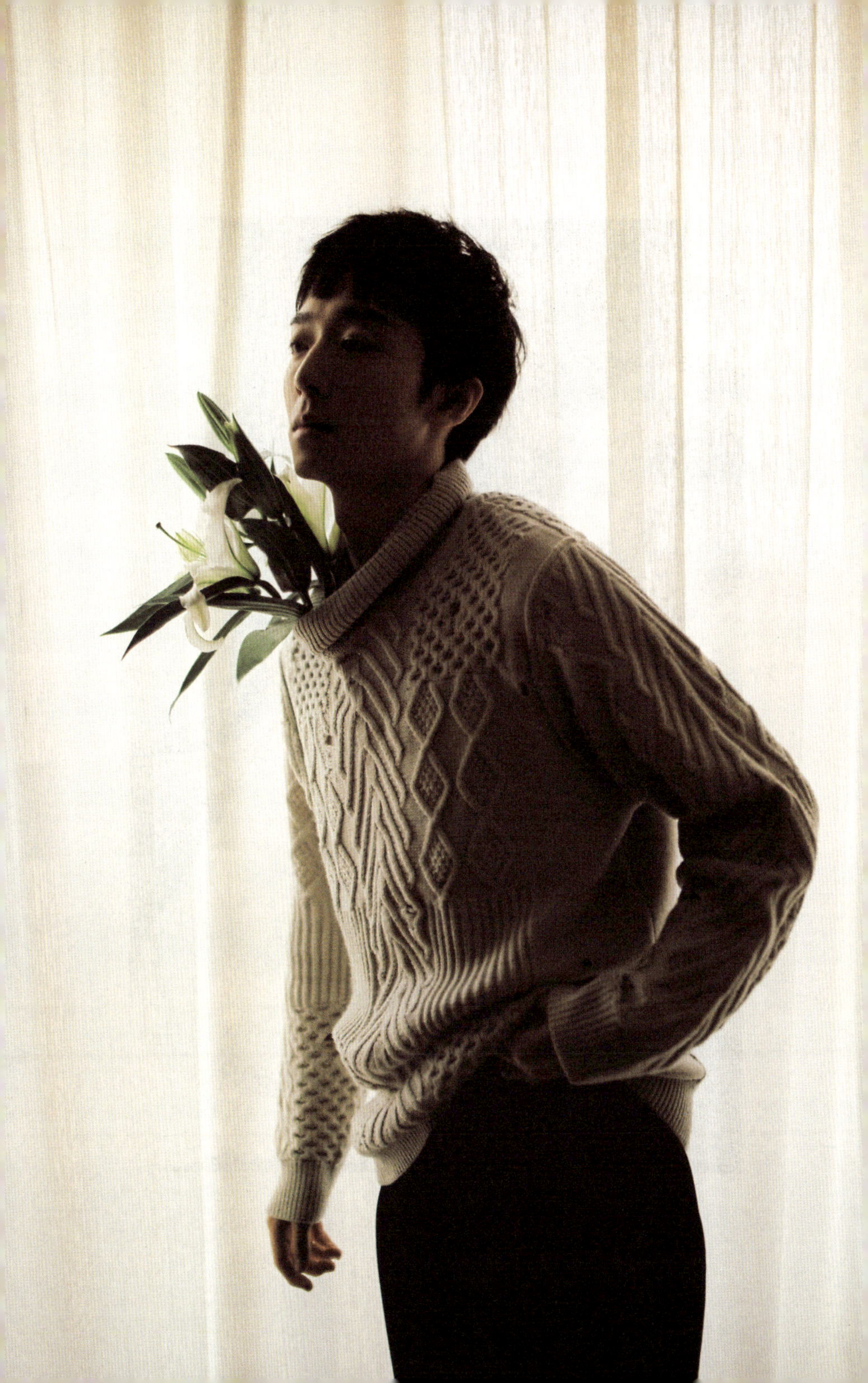

04

YUAN ZIWEN

PART B

不是没有挫折,
而是一路都在认真选择

人生风景无数,
本就不能尽览,
所以选择的时候应该格外认真,
看的时候应该格外仔细。

21岁,有着蠢萌无比的弟弟和幸福温暖的家庭,考上了北大,创建了自己的品牌……有人说,我的生活太过顺风顺水,没什么挫折。

　　其实最初听到这句话的时候,我还是挺错愕的。错愕并不是因为不认同,而是打心底里承认这个从来都没有被我注意到的事实。接着我开始恐惧,因为我总听长辈讲,起落相依,没有经历过大悲的人也很难等到大喜。我很清楚,或许之前是因为有不错的运气,即使跌跌跄跄也走得风风光光,但后面的日子里说不定会因为一次打击就溃不成军、一蹶不振。

　　后来,我不断问自己,是因为我真的缺少摔倒再爬起来的勇气和冒险的精神,还是我忘记了成长中那些本应理解为挫折却被我的乐观心态所忽视掉的疼痛?长大成人的我回忆起那些挫折,竟显得那么手足无措。我曾将原因归于我太年轻,因为没有经历很多,所以挫折总是姗姗来迟,但这个理由立刻被反驳了,我身边同龄人那么多，都或多或少有过痛苦的回忆和不满的过往。我又试着将原因归于心态好，可能我不善于记住不开心的事情，又或者小小的坎坷在我眼里是微不足道的存在。但我自己知道，我是一个多么看重结果又容易心事重重的家伙。

再后来，当有人问起我同样的问题时，我有了很负责任的答案，我会坚定地告诉他，我不是没有经历过挫折，而是一路都在认真选择。

我一直是一个呆板的人，喜欢遵循自己的一套奇怪理论，那就是在做任何决定之前，我都会反反复复掂量好久。即使是很简单的一件事，我也会考虑得非常清楚，分析做与不做的意义。所以，在很多我不擅长或可能失败的地方，我不会涉足半步，也因此减少了很多风险。

我记得大一刚入学的时候，一位非常有威望的师兄建议我加入辩论队，当时我觉得自己的口才并不好，正好有这么一个机会锻炼自己，又可以开阔自己的眼界，是一件非常好的事。但与此同时，另一位师姐建议我加入电视台，去主持一档校园节目。其实大多数新生对大学有着太多的好奇和期待，总是一副跃跃欲试的样子，什么组织都想加入，然后大展拳脚一番。我当然可以同时加入，但那时候的我好像想的和别人不太一样。我总觉得，人生风景无数，本就不能尽览，所以选择的时候应该格外认真，看的时候应该格外仔细。我就想选得少一些，做得用心一些。综合考虑了很久以后，我选择了电视台。后来还听别人说起过，当时师兄对我拒绝他的好意有些气愤。但从现在的结果来看，我更想感谢那时执拗的自己。

加入电视台之后我开始写稿子、录节目、做后期，尽管我们的节目观众不多，但是面对镜头的时候、与人对话的时候，我变得自信了很多。后来借着主播这个身份，我主持了学校里的大小活动，以至到大二时，主持毕业典礼都可以完全脱稿，并随性发挥。

一直到今天我都很感谢自己能够选择本不擅长的领域，并认真对待每一份工作，集中精力去做事。我记得大一刚开学的时候，我喜欢坐最后一排，不敢表达自己的想法，和别人说话甚至不敢看对方的眼睛，课堂讨论的时候也不敢发言，就连和老师交流都是支支吾吾的，嘴笨得不行。后来，经过主持工作的历练，我变得外向、独立、自信，开始主动参与课堂展示，变成小组讨论的组织者，慢慢变成自己喜欢的样子。

其实大学期间我有过无数次机会，有时进，有时退，热衷过台上人前的风光，也享受过转战幕后的成就感。很庆幸一路我都能谨小慎微地过着平凡却不平庸的生活，虽然没有参加北大最有名气的攀岩社团、吉他协会，却在学生会里摸爬滚打，从一个毛手毛脚的部员变成沉着淡定的主席；虽然没有在假期里四处游历，却不断开会，开发新产品，制订新方案，运营自己的品牌，一做就是六年，直到今天。我并不会因为没有参与的人生而感到遗憾，只是希望在自己涉足的领域里尽情享受，不断趋光，直到把自己照亮。

其实每个人无须将好事占尽，我认为最好的生活，就是在自己认同的领域里做自己喜爱的事。我从不羡慕那些特别会唱K的人，也不会在自己跑调的时候感到沮丧。比起吵闹的KTV，我更喜欢安静的、昏暗的小酒吧，在那里听着驻唱低沉而慵懒的声音，和朋友聊着天，时光就这样逝去了。

能在自己感到舒服的环境里做自己想做的事，爱自己该爱的人，我就心满意足了。不选择每一个不该选择的事物，也不放弃每一个不该放弃的机会，我想就这样过我的一生。

我们没有必要、也不可能过一直正确的人生，但至少可以学着给失败和跌倒做减法。其实有时候重要的不是有没有挫折，而是你有没有认真选择。

BGM _《黑键》

05

YUAN ZI WEN

PART B

当你觉得熬不下去的时候

其实,

并没有人逼你留在大城市,

逼你实现多么远大的志向,

可你偏偏心甘情愿地做这逆流而上的大麻哈鱼。

因为你要兴奋、要热烈,

要活得跌宕起伏、

波澜壮阔。

没有星光的夜晚，和父母在街上散步。霓虹灯下，这座城市才有了点儿夜晚应有的模样。喜欢霓虹灯，虽然每盏都只照亮一方，可它们连成一片的时候，整个世界就被照亮了。它们一生都是夜的守护者，就像父母之于我们。

小城是我最熟悉的朋友。未曾改变的街道，搭配着跟记忆里一样味道的晚风，路灯下，影子被拉得细细长长，闭上眼睛，思绪开始慢慢飘远。

十几年前，好像也是这样的一个夜晚，小小的我走在父母身后，一个人默默听着那时候最流行的 MP3。前面总是会传来父母跟弟弟嬉笑的声音，那时候我常常想，他们才是幸福的一家人啊，而我，应该是个多余的存在吧。骨子里与生俱来的敏感和倔强，让我在小时候从来都不愿意跟爸妈多交流，低着头，戴上耳机，知趣而又卑微地淡化自己的存在。当时爸妈回头看我的眼神，总是有着大剂量的担忧，这种和看弟弟时完全不一样的眼神，让我心里越发难过，也越发无措。

时间转了一个圈，一晃我已经长大，个子高出妈妈一头多，步子也终于追上了爸爸。如今，我已经不会再幼稚地躲在他们身后了，而是习惯性走在他们旁边，听他们一遍一遍地问我的生活，耐心地用我的故事丰富他们的人生。我也不再像很久以前那样，喜欢揪住妈妈的衣服后襟，而是搂住妈妈的肩膀，从她的小宝变成她的依靠。

每次爸妈脸上漾开了笑，皱纹就随着笑意蔓延开来，我都会鼻子突然一酸，然后感慨，曾经的我，对他们的爱掺杂了太多不敢表达的无措、不如弟弟的屈辱以及不受重视的难受，而如今，当我试着近距离表达感情的时候，父母却悄然老去。我的生活越来越丰富，他们的世界越来越简单，有时候他们提一个小小的要求，眼神竟有些怯怯的，像极了十几年前的我。

从家往北走是一条寂静的路，路两旁种满了杨树。哦，在我生活的北方小城里，很难有书里常写的高大香樟或梧桐，只有这最普通平凡的杨树，每日每夜守候着这座城市。

再往前走，会经过一个警校。夜晚有新警察在门口集合训练，灯光下我看着他们，觉得自己生活得太闲适幸福了。走到路口的时候，闻见很臭的味道，就连小卖部也是脏脏的，让人没有进去买一瓶汽水咕咚咕咚一饮而尽的欲望。妈妈挽着我的胳膊，喊着走累了。我刚想说这才走了多久，又沉默了，看着站在我旁边的女人，她已经快五十了。

时间真可怕,小时候我和弟弟一路打闹,总是嫌爸妈走得太快,长大之后,当我变得安静、不那么吵闹了,却发现他们走不快了。

绕过路口回去的时候,经过一个大超市,超市旁边是三个小伙子合开的冷饮店,价格是北京的一半。买了四杯冰,坐下来大口大口地吃。在北京的时候,每次我请父母吃饭,埋单时总是面无表情地递上信用卡,刷出一串他们觉得很多的数字,又面无表情地把卡塞进钱包。然而妈妈掏出十几块钱买冰的表情,却是无比骄傲,刚刚因为走太久而疲惫的眼神,也一下子亮了起来。

"好吃吗,儿子?"

"嗯。"

我没有和他们说起北京那些数不过来的甜品冷饮,只是大口大口地吃,并显出一副满足的样子。

妈妈笑了。

我看了她一眼,眼眶有些湿润,继续埋头大口吃冰。

从超市里面间或走出很多人,有个穿着西裤衬衣的年轻人,戴着耳机,拎着一袋子食品,里面有方便面、薯片、饮料,向对面的小区走去。路边有几位老人在打牌,老爷爷在出牌的时候目光炯炯,这让我想起每次爷爷带我出去的时候,也是这副威风模样。

吃了冰我们开始往回走,路上我和爸爸一人戴一只耳机,我给他听我常听的歌,可能是 iPhone 的耳机型号和他用的不太一样,他戴着不习惯，总是别扭地拿手按着耳机，生怕它掉出来。他因为听得费劲而微微侧头，我小心翼翼地把音量慢慢调大，并没有多说什么。我把那些歌给他一首一首地播着，那些在北京的喧嚣夜晚里我喜欢一个人听的歌。

小区外有一家很豪华的酒店，酒店旁边有一块巨型广告牌，上面写着"缔造新生活"。看到这个，我鼻子一酸。从小生活其中的城市，这么多年变了多少，我又变了多少。我与这个城市都在为"缔造新生活"而一刻不停地努力着，有时候甚至都不知道为了什么，只知道要一直埋头努力，前路总是好的。

这五年，在家里待的时间越来越少，却更珍惜每一分每一秒。

每次从车站拖着行李走出来的时候，都有一种和久违的老朋友相见的感觉。而每每在帝都熬不下去的时候，也会允诺自己过了这阵儿就回家，把回归当作最好的安慰和动力。我想，所有人应该都有这样的感触吧，在离开家乡以后，才明白什么是家乡。

一座城市，只有你肌肤相贴、生息相通地爱过，付出过感情，离开过，也不顾一切地回来过，才会懂得它给予过你的温柔的爱以及包容。置身于此，我似乎渐渐读懂了我的小城市。

与小区隔一面墙的空地上，是几座写字楼，我拉着妈妈的手，指向那个地方。

"我以后要是在这里上班，就可以每天回家吃你做的饭，然后陪你散步了。不像在北京那么辛苦，工作很长时间只为交一个首付。"

说完之后，四个人都沉默了半分钟，或许更久一点儿。

"逗你们的，我会留在北京好好奋斗的。"我笑嘻嘻地把妈妈一把搂住。他们好像放松了一些。

我们这一代，尤其像我们这种在小城市里长大的孩子，好像父母供我们读书，就是为了把我们送到大城市，把逗留变成永恒的驻足。这样说来，我们并不孤独，偌大的北京城，每天都有很多人拼命往里面挤，好像那里有自己想要的一切。

尽管你会抱怨大城市人多拥挤，没有交心的朋友和纯粹的感情；会抱怨每天来回几个小时的地铁公交，上班路上睁不开眼，下班路上困顿不堪；会抱怨消费太高，拼了命工作交了房租，再过两个周末钱就花完了……但你还是觉得，生活在大城市意味着离优秀更近一点，意味着你还没有被淘汰。你觉得只要在这里，你的不安就有机会转化为骄傲，你的骄傲，家庭的骄傲。

其实，并没有人逼你留在大城市，逼你实现多么远大的志向，可你偏偏心甘情愿地做这逆流而上的大麻哈鱼。因为你要兴奋、要热烈，要活得跌宕起伏、波澜壮阔。因为当你看着一座城市的灯红酒绿、流光溢彩，你就如同中了罂粟的毒，与这光鲜亮丽一起躁动不安。因为你怀揣梦想，当你站在人群中，就想要变得不一样。

你和我，愿意独自吞下每一份难言的苦楚，愿意承受即将面对的所有隐忍与疼痛。

在我们看来，大城市的华灯照亮的不只是夜空，也包括那模糊的未来。

快走到楼下的时候,我说:"再站一会儿吧,爸、妈。你们闻闻,今天风的味道多好啊。"

BGM _ 《星球》

06

YUAN ZIWEN

PART B

那些不太美好
却又无比美好的旧时光

时光向来刻薄，
像吹散一朵蒲公英似的，
把我们吹往不同的地方。

大抵人生总是这样，
充满一场场盛大的邂逅与别离。

上北大之前，我的校园时光在北方一座小城度过，那里没有连片葱郁的高大香樟，也没有光怪陆离的繁华夜景，更没有青春期留下的刻骨铭心的疤痕，简简单单，波澜不惊。那时的我还有一些胖，嘴巴上蓄着胡子，一脸青涩，一切看起来都是不太美好的模样。

但每当我想起那段岁月，都感觉眼前是绿色的。对高考的恐惧、对试卷的厌烦、对班主任的不解、对晚睡早起规律生活的腻烦，最终随着时间的流逝而变得云淡风轻，直至成为嘴边的浅浅一笑。而你闭上眼可以回忆到的，是操场上踢足球的男孩、和闺密散步买零食的女孩、门口好吃的烧烤小摊，还有一直要好到现在的朋友。

那时无比渴望长大，甚至计划好了毕业后要去的地方、要见的人、要做的事，但当我真正离开校园以后，却对过往无比怀念。

过去的终归过去了，你能做的，就是满心疲惫的时候，回过头看看过往的那些美好。

宿 舍

我一直在憧憬住宿生活，好奇会遇见什么样的室友。

猴子是第一个到宿舍的，听他的名字就知道，他是一个瘦得皮包骨的人，不过他每天都会在宿舍里健身。当然，因为太瘦了，他只能从没装水的水壶练起，每天一百个，坚持不懈。不过除了毕业那天，他和我掰手腕一直没赢过我。

小胖长了一张标准的"室友脸"，我一直称他为"国民室友"，因为好像每个中学都会有这样一个男生，胖胖的，戴个眼镜，穿着拖鞋，嘴巴不是在笑就是在吃。

最后一个见到的室友是伊森，他喜欢陈奕迅已经第七个年头了。

从我们四个组合在一起的那天开始，就有了大多数男生宿舍好玩的故事。猴子会在楼上拿手电筒照刚洗澡回来的女生，有时也会照到来查寝的老师；伊森洗澡的时候会冲着莲蓬头唱歌，我们仨瞒着他爸妈给他凑了去北京的路费，但当时并不知道要进那个选秀比赛的复试还需要额外一笔钱；每天闲得无聊了，小胖就会靠着窗户，指着楼下路过的女生说这个是他前女友、那个是他前前女友……

我记得我们宿舍的被子都是伊森叠，他能叠出可以在评比中得优的豆腐块。小胖总是买很多炸串拿回宿舍，而猴子自然就是负责上下四楼打水，因为我一直强调这样可以锻炼臂力。至于我呢，就负责第一个写完作业然后借给大家"参考"。

我还记得夏天宿舍里格外热,只有一个小风扇挂在门口墙上,根本吹不到人。有一年学校经常停电,正好赶上我们刚考完期末试,第二天就放假,男生宿舍集体闹事,从楼上往楼下扔水壶。一个宿舍扔了之后,其他宿舍跟着起哄,虽然大家都不能听清彼此喊的是什么。

胖胖的后勤主任跑过来的时候,男生们早就缩进屋子里了。

我记得那天我下楼的时候,门口水壶的碎片撒了一地,在阳光下反射出金闪闪的光。

这种只有在偶像剧里出现的场景,竟在我记忆中留了这么多年。现在想起来,觉得真好笑。那时调皮的我们、幼稚的我们、无知无畏的我们,却是只有在那个年纪才会有的我们。

物 理

我想,每个人在念书的时候都一定有一门最讨厌的课。

物理是我的软肋,高中时全部不及格的试卷都贡献给了这一门。不管做多少题、付出多少努力,就是学不好。因此,我坚信是我们缘分不够。

当然,头疼的不只是物理,还有物理老师。

对于第一节课就因为逗全班哄堂大笑而被老师扔粉笔头但巧妙地躲过了的我来说,接下来与物理老师斗智斗勇的日子实在是既艰难又宝贵。被叫起来回答不上问题的代价就是下课要装模作样地向老师请教知识，并不断点头，好像领悟到了其中特别高深的要义，还要说："老师，这问题被您一讲显得这么简单，太酷了，您说您物理怎么这么好呢？"

老师冲我翻了一个白眼："物理老师难道要美术好吗……"

我在念书这方面并不是天赋异禀，一路跌跌撞撞，从名列年级百名直奔第一。这期间我不停地熬夜，有时撕开一袋咖啡倒进嘴里，喝一口白水，就能撑大半个夜。我一直对自己说，其实高考就是一出戏，悲剧也一样可以打动人心，所以没有人一定要你笑到最后，但不管结局如何，你都要认真演下去。

我一直相信，人生有时候比的就是谁更能破釜沉舟。

毕业那年，我收到了北大的录取通知书，如愿以偿念了自己想念的专业。

哦，对了，会考的时候，最不拿手的物理考了 A。

告　别

几年前我相信，那时候最好的朋友，可以好一辈子。

但后来发现，不是因为争吵，不是因为误会，可能仅仅因为不在一个地方念书、过不一样的生活、遇见不一样的新朋友，你和他／她之间就会有很深的隔阂。直到有一天你们再遇见，加上对方的微信，才发现，那么长时间以来想说的话，两三句就讲完了。

其实很多时候都是这样，告别以一种寂静无声的方式进行着，你以为的不舍、难过，最后都会变成一种无可奈何。许多年后，你已经记不起当初那最后一刻是什么模样了，又或者记忆对那种场面有着天然的抵抗力，比起谈起告别，你更愿意聊聊以后。

人世有一聚，必会有一别。我总觉得，中学时代像是一个巨大的过滤器，匆匆而过，剩下的除了一张通知书、几个好朋友，好像就没有什么了。所以，如果此刻你正穿着校服吸着酸奶看着这些你并不能完全理解的文字，请一定记住两件事：要努力拿到一张更好的通知书，交几个真心的朋友。

当然再见

我们会告别，当然会再见。

那是寒冬里的一次聚会。北国的冬天一如既往地冷。窗外呵气成霜、冰冻三尺，屋内却充满温暖的空气。我们举着手机，拍着彼此微醺的模样，抑或互相询问"你知道谁谁去哪儿了吗"，喧闹的声音和飘浮着的烟草味道混合在一起，还有啤酒沫的香气。

这是始料未及的一幕。原来，曾经相亲相爱的我们，竟要这样潦草地离散。时间转了一个圈，曲哥蓄起了长发，佳有了新的恋情，最内敛的 R 变得能言善辩，往日跋扈的 K 却变得世故很多。当我们面对故人的时候，内心总会保有一丝希冀，希望一切一如从前。

而事实是，每个人都展开了一段新生活，包括我。

从饭店出来，夜已在不知不觉中悄然落下帷幕。散乱的几颗星星，不耐烦地洒下些许微弱的光。街灯映下来，在雪地上晕开一小片一小片橙黄色的暖光，漂亮得不那么真实。

时光向来刻薄，像吹散一朵蒲公英似的，把我们吹往不同的地方。大抵人生总是这样，充满一场场盛大的邂逅与别离。你以为无边无际的苦读生活，就那么一眨眼过去了。曾经叫喊着快点儿熬过去吧，等真正走过去了，竟会希望日子能慢一些。

人之一生，可以改变很多东西，却动摇不了时间分秒，我们能做的，只有一往无前，仅此而已。

BGM _《生生》

07

YUAN ZIWEN

PART B

你听过一个快乐的咒语吗，
叫『转念一想』

真爱是不需要取悦的，
任性是可爱，
懒惰是娇憨，
发脾气是率真，
就连犯个傻都萌萌的。

而如果不爱，
懂事是错，
理解是错，
连每一次呼吸都是大错特错。

你身边有没有这样一种傻瓜，她们对朋友、爱人倾尽所有，甚至委曲求全，却因为爱得过度，常常让人背负着厚重的感情而左右为难，离开便是辜负，留下又成了束缚。

　　她们可能长得不那么漂亮，身材不是很好，没有很高的学历，辛辛苦苦才找到一份朝五晚九又赚得很少的工作。

　　她们在离城市中心最远的地方租最便宜的房子，每天上班要在路上花掉好几个小时，勤勤恳恳但总挨领导骂，一副生活不会再好了的样子。

　　但是，在她们心里，感情大过天，所以跟朋友或恋人在一起的时候，她们总会笑得像个小太阳。你开心时她们跟着开心；你难过时她们绕大半个北京城来陪你吃饭，然后把自己苦×的遭遇给你讲一番，你顿时就释然很多。

　　肉包就是她们中的一个，这名字是她自己取的。

她是我之前一档节目的编导。还记得第一次见她时，我的反应是：节目组是在逗我吗？

很潮流的帽子，超短裤，露肩 T 恤，学生包，看起来傻傻的，若不是再三打电话确认，我还以为她是某个偶像的粉丝。

没错，她是某节目组的编导，第一次见面是为了完成前期采访。大我整六岁的傻瓜肉包小姐拿出了一支挂着轻松熊的笔和一本桃心形状的粉红色笔记本，一边咬着手指一边怯生生地发问。

"哥哥，你弟弟呢？"

"晚点儿过来。"

"那么，我们开始？"

"行。"

"你跟弟弟有过一些好玩的事情吗？"

"有啊，微博上发的都是真实的生活故事。"

"喜欢听音乐吗？"

"喜欢，但唱歌很难听。"

每当我觉得自己答得好少要不多答一点儿的时候，傻瓜小姐就非常满意地继续问下一个问题，一边问一边专心地唰唰记着，天知道我那些"不会""不知道"之类的毫无营养的回答有什么好记的。

有一次无聊，看了下这姑娘的朋友圈，百分之六七十的状态都是在深夜一两点发的，而且内容也大都跟工作有关。再加上一些细细碎碎的心情记录，我大概拼凑出了傻瓜小姐的生活状态。

工作于媒体圈。这是个出了名的苦×行业，所以傻瓜小姐有着严重的失眠症。三四点钟还在刷状态说失眠，五点多又发一张日出照，标注新一天的工作开始了。

沟通人群都是明星艺人，打交道难度指数四颗星。用姑娘自己的话讲："你俩那种小打小闹对我来说连餐前小菜都算不上。面对那些难缠的嘉宾，我真恨不得打车去给爷爷奶奶下跪磕头了。干这行的，自尊心早一片一片地随风飘散了。"

薪资标准呢，具体数字还真不好打听，不过她租的房子位于遥远的"通利福尼亚州"，每天早上七点还要在满是韭菜盒子味的八通线上打着盹儿挤在一堆人中间，这生活可跟她"浪漫梦幻"系的穿着挨不上一点儿边。

从以上几点分析得出，傻瓜小姐应该每天在哭泣中睡去，在噩梦中醒来，双眼无光，为了填饱肚子交房租弄得满脸褶子，每天除了工作就是拉着人诉苦，活脱脱新世纪祥林嫂。

但我眼前的傻瓜小姐却是一个剑走偏锋的奇葩，每天吃个盒饭都能哈哈乐半天，走路脚上跟安了弹簧似的蹦来蹦去。

傻瓜小姐说她习惯了，每天都是这样，十一点多要从北京的西南角坐地铁赶回东北角的家，总是加班，把自己的工作做好，又傻乎乎地帮同事的忙。她盲目乐观，带着这个特质横冲直撞这么多年，想得不多，计较得也不多。

她总说留下的是上帝的馈赠，走了的根本就不属于自己。每次朋友有心事，她都要掏心掏肺特别认真地安慰人家，别人生日比自己的记得都牢。明明自己也属于典型的北漂小人物，却努力在人前笑，在人后哭。

有时候我会说她："别老一根筋，觉得大家都是你朋友，出门在外留个心眼儿，我们逗逗你那是小打小闹，万一真有人居心叵测，像你这种的一骗一个准儿，下场肯定特惨。"

傻瓜小姐依旧满脸灿烂："没事儿，我命好，碰不到坏人。"

我还记得我问过她："为什么这么乐观？"

傻瓜小姐答："你听过一个快乐的咒语吗？叫'转念一想'。"

"嗯？什么？"

"转念一想。工作很累的时候，转念一想，起码我还在赚钱啊；想念家人的时候，转念一想，起码他们都身体健康啊；觉得孤独的时候，转念一想，起码我还有两三个损友啊……烦恼谁都会有，这转念一想的本事，可是肉包姐的独家秘方。"

"你够了，不就是自我安慰、自我麻痹嘛。"

"废话，我就是凭着这自我满足的劲儿混了这么多年的。要不然我绝对天天以泪洗面、痛不欲生，早回老家随便找个工作嫁人了。你还真觉得背井离乡很好玩啊？"

"那你就没有自我安慰站不住脚的时候？不论什么事都能过得

了心里这道坎儿?"

她的眼神突然就黯淡了:"倒也不是。"

"嗯?"

傻瓜小姐的脸上突然覆盖了薄薄一层我从来没有见过的忧伤。她回忆了一会儿,然后抬起头,微微撇了撇嘴:"本来都不打算跟你说的,不过我觉得已经过去了,告诉你也无妨。"

大概三年前,傻瓜小姐遇见了不靠谱先生,她在北京总部,他在上海分公司。异地恋了半年多,每天两三个小时的电话、越攒越厚的机票、强烈的想要在一起的决心,让傻瓜小姐辞了工作,离开了亲人朋友,义无反顾地收拾行囊奔赴上海,把自己扔进一个完全陌生的城市。

她说:"这是我给他的一个惊喜。"

我隐隐有点儿不好的感觉:"你确定是惊喜,不是惊吓?"

傻瓜小姐有点儿迟疑:"我……不知道啊。他看到我的时候挺惊喜的,不过也埋怨我事先不跟他商量一下。我觉得这是我想给他的惊喜啊,又没让他做什么牺牲,为什么要商量呢?"

没错,是傻瓜小姐的典型作风。

她的突然到来虽然让男友猝不及防,但毕竟也包裹着爱情的甜蜜外衣。男友和她一起找房子、找新工作,折腾了一个多月,终于安定下来。两个人在搬进新家的时候都希望这是一个新的开始。傻瓜小姐满世界搜《贤妻良母一百条》《如何做一个称职女友》等文章指南，逐条对照，兢兢业业地照做。

每天早上做爱心早餐，晚上做安神鸡汤，出门送雨伞，回家递拖鞋，把男友当成了大龄婴儿。男友对她却从一开始的心疼，变成了后来的无视甚至不耐烦，最后，干脆她在家里忙碌，他在外面劈腿。

也就短短三个月吧，不靠谱先生有了新欢，并提出分手。出轨这事儿还没让傻瓜小姐缓过神来，上帝又买一送一：不靠谱先生怀中的新欢，居然是傻瓜小姐在上海唯一的闺密。

傻瓜小姐很迷茫："我想不通为什么。我对他那么好，怎么还是不能留住他的心呢？"

我有点儿明白了。试着想想这个场景：早上醒来想看看爱人的睡颜，然而身边被窝凉透，厨房里的她满身油烟味；下班回来想要好好聊聊天缓解一下压力，她却忙着收拾屋子洗衣做饭，到嘴边的话终究没机会说出来。他知道她做的都没错，可是，他想要的，是女孩子的娇憨可爱、女朋友的柔情似水、另一半的心意相通，并非一个勤勤恳恳的"妈妈"。

但傻瓜小姐没有什么是可以被指责的，所以她的男友只能每天活在"说了矫情，不说憋屈"的压抑中，最后选择了做坏人，自我解脱。

我说："你问过他为什么要离开你吗？"

傻瓜小姐点点头："问过，他说他想要的不是这样的感情。他说我哪儿都好，全是他不对，但他真的不能跟我在一起。你说，他是不是人渣？"

我在心里默念:"Bingo。"

傻瓜小姐拿出一张字条:"这是他搬家的时候留在桌子上的,我一直没扔。我经常拿出来琢磨,但总也想不透彻。"

字条上写道:"你给了我一车苹果,每一个都光滑饱满,是你辛辛苦苦摘下来洗好的。你不停地说你摘苹果有多辛苦多累,每一个苹果有多好吃,你对我有多好,可是,你从来都没想过,我喜欢的是梨。"

我继续默念:"Bingo,bingo。"

我问:"你知道他劈腿的时候,你是怎么回应他的?"

傻瓜小姐说:"我难过得要死掉了。但是我很少当着他的面又哭又闹的,这样多不冷静啊。我说我会等他回心转意,不会让他为难。"

Bingo,bingo,bingo。三连中。

亲爱的傻瓜小姐总是用满腔满腹的爱意去面对别人。她总是想用过分得体的言行、过分饱满的热情,以及近乎悲壮的牺牲精神,塑造一个看起来无懈可击的自己。

无论爱情还是友情,都需要理解和包容做底,偶尔的争吵和眼泪做调料,把两个不完美的个体磨合成一个圆满的整体。而傻瓜小姐是一个大大的正圆,规整、无棱角,不给人磨合的机会。

记得之前看过一期《康熙来了》,采访二十位年轻人:你们愿意跟小S还是蔡康永一起旅行?

小 S 得了十八票。大家的回答惊人地一致：小 S 虽然嘴贱，人又傲慢，但是跟她在一起有很多乐趣啊。康永哥博学多才、知书达理，但他像老师，不像朋友。

这就能解释很多女孩子心中的那个疑问了：为什么我比她懂事比她好，她的人缘却永远比我好呢？

因为，我们需要的是一个自然的、无拘无束的朋友。你时刻紧绷，时刻想要展示一个金光闪闪的自己，委曲求全拼命做好人，这是取悦，不是交流。

真爱是不需要取悦的，任性是可爱，懒惰是娇憨，发脾气是率真，就连犯个傻都萌萌的。而如果不爱，懂事是错，理解是错，连每一次呼吸都是大错特错。

你身边有没有这样没心没肺永远笑意盈盈的傻瓜小姐？她们背负着大剂量的压力，还能保持嘴角微笑的弧度。她们不奢求、不抱怨，你给一点点的善意，她们就能贡献出满腔满腹的真诚。

伤疤不会让她们披上厚厚的铠甲，她们依然毫无遮挡地用柔软的心对待现实的凛冽，并一厢情愿地希望，在误打误撞中，获得最好的结局。

人生那么多未知和可能，谁也无法预知她们是否可以获得最好的结局。

我只是单纯地希望傻瓜小姐可以把过量的爱放在自己身上，压力不是要你一个人去扛的，世界也不是要你一个人去爱的。

愿澄澈心灵永远不被辜负，愿生活没有背叛、欺骗，愿一切崭新而又美好。

BGM_《背对背拥抱》

PART B

你的生活里一定有这样的女汉子

你的生活里一定有这样的女汉子，
心疼别人，苦了自己。
什么事情都自己做，再苦逼也充满斗志，
对生活永远充满追求、永远热爱。

我只是希望，当你看到这里，
能够给她们打一个电话，或者发一条信息，
告诉她们，
别什么都自己扛，不要明明受了伤，嘴上还逞强。

我已经在咖啡馆里百无聊赖地坐了半个小时了。能让我对等人这件事情如此执着的，除了我弟，就只有阿满了。

郁闷之火蒸腾而上，以至于透过橱窗看到背着大包跌跌撞撞地往里跑的阿满时，我瞬间想到了整她的绝妙招数。

找不到我，找不到我。我跑到洗手间的隔墙后面。

果不其然，阿满路过我的桌旁三次都没找到我，然后在门口傻乎乎地掏手机。她把书本、镜子、水杯、钥匙摆了一桌，最后终于从书包最深处扒拉出手机的那一刻，距她不足五米远的我抬起头笑得特灿烂地挥挥手："阿满，这里。"

她抄起桌上的林林总总，挟着一股风就要奔过来。

"哎哎哎，你把东西收拾好了再来，别着急！你看你要是把我的咖啡撞洒了，我让你去……"

"去死吧你！还藏起来，真是够了！"阿满大吼了一声。

"嘘！这是咖啡厅，不是歌厅，真想装不认识你。再说了，你说你在门口瞎掏啥，跟流动小商贩似的，人咖啡馆就差出来投诉你占道经营了好吗？"我压着嗓子说道。

"别说话了，我要渴死了！"阿满以迅雷不及掩耳之势把我的一杯拿铁一饮而尽。

"哎哎哎，那是我的咖啡，你再叫一杯会死吗？还有，我再说一次，这里是咖啡馆，不是操场门外的小卖部，你别把拿铁当凉白开喝好吗？"

阿满一个白眼杀过来："这稿子你还对不对了？"

"对对对，必须对，不过等小的先去给您叫杯夏日特饮凉白开。"

"哀家时间宝贵，小文子速去速回。"

阿满急急忙忙整理好散在桌上的书，一只手伸进书包里掏着什么，另一只手按亮了手机，边看短信边念叨了一句："完蛋了，这周三就要答辩了。"

阿满从书包里掏出我的书稿，卷了边，又折了角，勉强整理了一下，也没有捋顺，然后拢了拢额前的头发，舒了一口气，这才坐定。

"开始吧。"还是那么干净利落。

我打量着面前这个人，思绪退回到五年前。

高一入学的时候，阿满是一个满头自来卷的胖姑娘，再加上内分泌失调，满脸冒着青春痘，硕大的身躯上特别显眼地刻着"格格不入"的字样。

没错，以我为首的几个男生当然最先注意到了她，加上她说话语速很快又很犀利，大家和她越闹越起兴，并成为了习惯。

后来，我在一天天的"欺负"她中竟和她成了朋友，而且是那种可以把心事都告诉彼此的朋友。当然，化敌为友在那个时候很简单，就是她真诚地"邀请"我去她家吃了一次午饭，她爸爸教育了我一顿。

不过并不是被她爸爸的威严吓到了，而是我发现，这个女生在学校里那么坚强独立，一副"谁也别想欺负我"的样子，在家里却是另一番模样。

见到阿满爸爸的第一面，我喊了一声"爷爷好"。不是我又在淘气，而是面前这个男人头发斑白，身材瘦削。

"这是……我爸爸。"那是我第一次听阿满说话说得很慢，语气丝毫不强势。

我一瞬间低下头，像是闯了大祸一样，恨不得找个地缝钻进去。

阿满的爸爸对我说，他平常的工作不算很忙，欢迎我常去他家做客蹭饭吃。我摸摸后脑勺，心里自然很清楚，我和阿满说不上是敌人对头，但至少也不是什么朋友，她爸爸这番话，分明就是想让我以另一种方式和阿满好好相处。

我是班里比较有凝聚力的班干部，搞定了我，就等于搞定了其他男生。

吃过饭后阿满帮她爸爸收拾碗筷，时不时回过头瞥我一眼，我老老实实地待在座位上，和她眼神交会，却无比陌生。

这样一个女孩，在学校里全副武装、刀枪不入，不让陌生人靠近半步，在家里却极其安静听话，躲在爸爸身后。

那天离开的时候，我突然有些理解阿满，一个人越是没有安全感，就越会伪装出强大的样子，所有藏起来的脆弱怯懦，一定都有勇敢包裹着。

后来我主动和阿满谈心，成了朋友，并且每当有人欺负她的时候，我都会挺身而出让他们住手。

再后来我们开始在活动课、元旦演出、讲座上传字条说心里话。我慢慢了解到，她爸爸为了让背井离乡到外地念书的她能安心，辞掉了北京的工作，在学校对面租了一间几十平方米的小房子，白天骑车到很远的地方上班，晚上陪她学习到深夜。阿满说："我只有不停地学习、学习，才对得起爸爸吃过的所有苦。"

高三那年，整个实验班的同学都发了疯似的学习，现在想起来还觉得压抑恐怖。下课后大家不是一窝蜂地冲出去吃饭，而是继续安静地坐在教室里学习，等人走得差不多了，楼道不拥堵了，才该去食堂的去食堂，该取父母送来的饭的去取饭。阿满每次吃她爸爸做的饭都特别快，几分钟盘子里的饭菜就被一扫而光了。她嘴里还嚼着菜，就麻利地收拾起碗筷，装进布袋，然后拢一下头发，继续学习。

大家总爱说阿满吃饭狼吞虎咽，就是一个女汉子，吃完也不走动走动，只会越来越胖。但只有我明白，她为什么这样低头吃、埋头学，为什么一定要过得这么辛苦。

我感觉她一直没有喜欢过谁。虽然我曾很自恋地问她："你跟我这么要好，该不会是喜欢我吧？"但我心里早就知道了结果，那就是会得到很实在的一拳。

她喜欢看书，在我的记忆里，她是我见过的看书最多的人。所以很多时候，她是敏感的、忧伤的，会写一些我看不懂的字条给我。她也是一个像《老友记》里的莫妮卡和《生活大爆炸》里的谢尔顿一样的整理狂，把我回给她的小字条一一收好。

我觉得整个青春期对她来讲都是不公平的，一个女孩子最美的那几年，她全部用来让自己变得圆滚滚恶狠狠，以至于没人能轻易走进她的世界，也就没人能轻易影响她的情绪。她用一种近乎决绝的态度，把自己变成一个实实在在的女汉子，去面对生活中太多潜在的可能。她给自己的全部设定，就是这一路太艰难，所以不能白走。所幸上天还是眷顾她的，阿满拼尽全力为自己赢得了一个完美结局。高考一战她发挥得很好，考上了人民大学最好的专业。

到北京后的第一年，她把自然卷的头发拉直又烫弯，买了人生中第一双松糕鞋，也穿起了裙子。她疯狂地减了几十斤肉，终于变得漂亮多了，但这并不影响她继续做女汉子。

印象最深的一次，是大一那一年年末。我在宿舍裹了好几层衣服抵御寒冷，乐呵呵地吃着零食过周末。微信上阿满发来一张照片：三根手指夹着一个冰激凌，另外两根手指比了一个"V"的手势，很艰难地自拍。照片里的阿满裹着厚厚的围巾，头发被凛冽的风吹得乱七八糟的，鼻子也冻得通红，但她笑得特别开心。

当时我的第一反应自然是："有病啊？大冷天的还在外面吃冰激凌，赶紧到屋子里暖和一下！"

阿满发来语音说："小文子，今天陪我拍摄的小伙伴有事不能来了，本姑娘一个人扛着机器在巷子里拍了整整三个小时！而且我特蠢，出门只戴了一只手套，手都要冻掉了。现在终于收工啦，所以本姑娘决定奖励自己一个冰激凌吃。"说着在电话那头很大声地吸了一口，我想可能是融化的冰激凌又流到手上或者衣服上了，"好了，不和你说了，我要享用我的冰激凌了。"

需要剪片子，她就在脸上贴几片黄瓜，顾不上自己的身体健康，一剪就是整整一宿。需要写稿子，她就一个人跑出去刷夜，深夜三四点才写完。就凭她这小胆量，自然在回来的路上被吓得半死，但她只能一边假装给朋友打电话聊天，一边喘着粗气加快脚步。学语言、学编程、学画画，忙到没时间谈恋爱，好不容易出现了这么多年第一个主动表白的男生，她的第一反应却是率先逃开了。

虽然阿满是一个不折不扣的女汉子，但我总觉得岁月真的在她身上留下了什么，她越活越有味道了。

咖啡厅里，她一边对着我的稿子提意见，一边说着自己的生活。

参加科研创新比赛，准备出国资料，总是不吃晚饭，每天夜跑五千米……

我看着眼前这个一直什么都靠自己的女汉子，竟有些心疼。

其实她是用尽真心喜欢过一个人的。大二那年的春节，我们到人大那边一家很小的店里吃红油抄手，她说："小文子，你知道吗？我其实是喜欢过……我跟你说的那个……家乡的好哥们儿的。"

我听到这句话的时候差点儿没把吃进嘴里的抄手吐出来。

"你吃你的，不要打断我。"她打了我一下，然后拿勺子搅了搅红通通的汤料。

"我很认真地喜欢了他四年。他是第一个愿意和我做朋友的男同学，给我讲题，和我一起当课代表，我们还一起吃过一次铁板烧。每年生日前一个月，他就开始花心思帮我准备礼物，我也是，自己的生日都记不住，他的生日却记得比谁都清楚。后来他不再主动给我发信息了，但还是会在生日的时候问我想要什么礼物。我每天都在他的空间里留言，但他回我的次数越来越少了，直到他和另一个女孩在一起。

"你知道那种感觉吗？那时候我每天都在猜到底是哪个女孩子这么幸运。当然我没任性哭闹，只是他生日的时候，我依然会提前一小时什么都不做，等着给他发祝福信息。后来我们联系越来越少。他生日的时候，我花光了攒下的所有零钱，给他买了一双球鞋，但依旧没有收到哪怕是敷衍的一两个字的回复。

"大一那年寒假，我们中学同学聚会，我精心打扮了一番，去参加了，但是他没有去。也是那天，我对自己说，或许我们的缘分到此为止了，我也该过自己的生活了。但其实小文子，现在想想，最让我难过的，不是他一句话不说就不喜欢我了，也不是他再也没有出现在我生活里的任何角落，而是今年他生日的时候，我竟不自觉地忘记了。

"很多事情就是这样的吧，都会慢慢忘却，过去的再大的痛苦、再多的思念、再深的感情，都会被时间稀释，慢慢变淡的。"

我什么也没说。

"你什么也不用说，我只是感慨一下，毕竟我早就不喜欢他了。"阿满故作轻松地耸了一下肩，头也不抬地大口吃起抄手来。她放了很多辣椒，辣得直流眼泪，吃着吃着，她就号啕大哭起来。我手足无措。

也许女汉子的世界别人懂不了，其实她们也无须你懂。饿了就自己找吃的，困了就一个人睡，能做的自己做，不能做的学着做，想出去旅行了说走就走，想宅了可以半个月不出门。

摔倒了，她们对自己说"还没死，哭什么"；生病了，想到可以因此请假在家里待两天，竟可以开心地笑起来；失恋了，她们吊儿郎当地四处找好吃的餐厅填饱肚子，晒各种开心的状态，仿佛在向全世界宣布：我很好。

她们始终以一种独立的姿态骄傲地活着，可也只有她们自己知道，什么是痛，伤有多疼。

你的生活里也一定有这样的女汉子，心疼别人，苦了自己。什么事情都自己做，再苦逼也充满斗志，对生活永远充满追求、永远热爱。

我只是希望，当你看到这里，能够给她们打一个电话，或者发一条信息，告诉她们，别什么都自己扛，不要明明受了伤，嘴上还逞强。

只是希望，当你遇到女汉子，可以以最真诚的心去和她们做朋友，像她们对你一样。

只是希望，所有活得辛苦又漂亮的阿满，在你们偶尔脆弱的时候，能想起你们身边的小文子们。

记得毕业后，一众好友一起去K歌，阿满一向小众的歌唱得很不错，但那次她却挑了一首老歌——《野百合也有春天》。

大家都在起哄，说这得多矫情啊。但我心里明白，阿满应该是喜欢这样的歌的。因为就像野百合，她也是那种不愿意麻烦别人、不多言语，而自己默默努力和坚持的人。也许岁月最终无法给出最令人满意的答案，但至少，在那个当下，她为自己努力地活着。

第一次听她唱起这首歌，我坐在离她不远不近的位置，那些年的那些故事，随着歌词在我眼前上演。她不动声色地唱着，我开始有点儿明白了。

就算你留恋开在水中娇艳的水仙，别忘了山谷里寂寞的角落里，野百合也有春天。

BGM_《大男人小女孩》

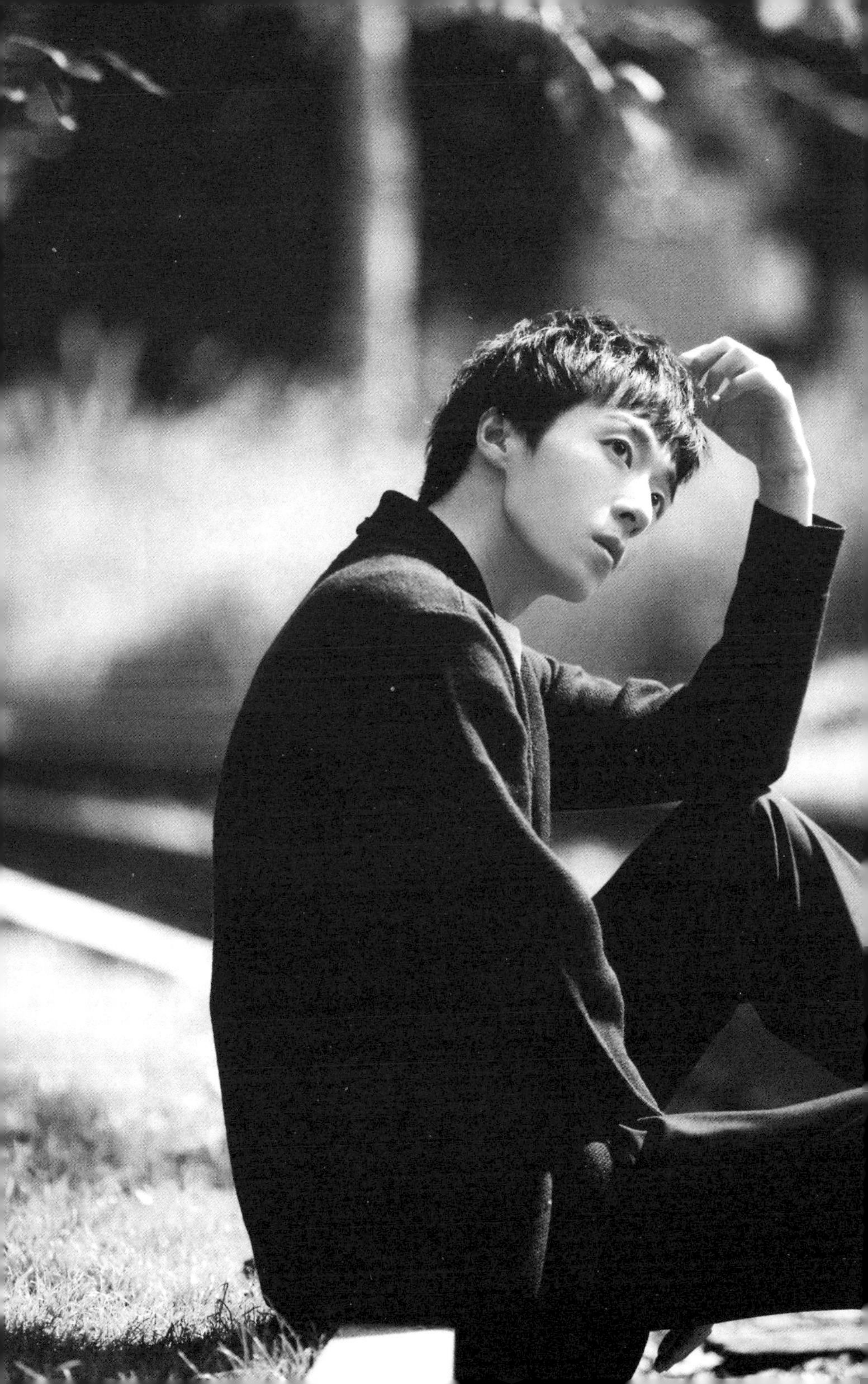

YUAN ZIWEN

PART B

活得热烈而恣意，才算真的活过

我有时候觉得她像一面镜子，
干净透明，
让身边的人都能好好审视：
是不是我活得太小心翼翼而丢了自己？
是不是我也变得世俗，
活成了自己曾经最讨厌的模样？

琳出现在我面前的时候,是她回国后的第三个小时。

"拜托,好歹也是和男生吃饭,连个妆都不化。"我把刚端起来的水杯放下,假装嫌弃地说。

"嘻嘻,这不是想早点儿见到你嘛,行李都没收拾,洗个澡就冲出来了。"说着就开始把她从国外带回来的礼物一样一样罗列出来。

是的,每次她都给我带很多很多东西,有些我根本用不上。

"化妆品不要,零食不要,这什么小本本,太少女不要,其余的我收起来了。"

"臭屁,这可是韩国最好的化妆品,不要我自己留着。"她嘟着嘴摇摇脑袋,像小孩子一样。

如果时间往回倒几年,你一定不喜欢那时候的她。

从小学开始她就全校闻名。他们班的自行车是其他班的两倍多,因此排得很密集,在停车棚推车的时候,得好好挪动一下,不然很容易卡住。

　　但是这种需要耐心的事，琳是万万不会干的，她总是一着急，就把左右两边的车全踹开，然后大摇大摆地出去。那时候我还不认识她，但是已经知道诸如此类的"英雄事迹"。

　　初中开学第一天，我们被分到一个班，班主任进来的时候大家都安静了下来，只有她突然站起来跟老师说："老师，苑子文骂我是蟑螂。"

　　初二，一个昏昏欲睡的午后，无聊至极的物理课上，前排同学窃窃私语，后排同学安然酣睡，年轻的物理老师满头大汗地举着胳膊向我们示意电流方向。

　　身边的琳从上课起就戴上了耳机，半节课她都安静得出奇。作为班长，我尽量睁着眼睛抵抗困意。

　　眼皮快要塌下来时，琳捅了我一下："你看老师那肚子怎么那么多肥肉啊！天哪，跟游泳圈似的，平时看不出来啊。"

　　我顿时困意全无。琳的耳机里还响着嘈杂的音乐，这姑娘丝毫没有意识到自己刚才说话的音量是平时的三倍，而且是在安静得掉根针都能把人惊醒的课堂上。

　　教室里瞬间爆发出了能震醒全校的笑声，物理老师在台上气得耳根都要冒血了，扔下粉笔就出了教室。我摘下一脸懵懂的琳耳朵上的耳机，狠狠地瞪了她一眼，然后去了老师的办公室。

　　接下来就是班主任训话、校长训话，倒霉的我作为班长在全校师生面前检讨,琳却死都不肯认错。

"我不是故意的,我忘了我戴着耳机,而且,班长没接我的话茬,你们不用惩罚他,我可不想欠人情。"

"胡扯!不论如何,你也不能不尊敬师长!"班主任用力地拍了一下桌子。

琳继续吊儿郎当:"我没有不尊重她,我对她的教学方式特别尊重,但对她的体形我尊重不起来。要不你让她当着全班同学的面说我肥好了,看我会不会跑出教室去。"

"你你你……"

当时我在班主任办公室里都呆住了。作为一个好学生,平时班主任说我两句我大气都不敢出,很少看到这么"气壮山河"的场面。

出了办公室后,我憋了半天,还是忍不住问她:"跟老师顶嘴,你都不怕的吗?"

琳特别酷地回头看了我一眼:"为什么要怕?"

人设瞬间定格。

印象最深的一次,是她和语文老师吵架。那时候我们用电脑上课,她玩小游戏,被语文老师发现训了一顿。老师说她没出息,对不起父母花钱供她上学,她一下子说不出什么话来,又气不过,就直接离开了教室。

临走,搁下了一句话:"以后语文课,有你没我。"

老师头一次遇见这样的学生,站在原地瞪圆了眼睛,愤愤离开。

班里一下子炸开了锅，班干部们在讨论谁去把老师请回来，此后淘气的学生纷纷和琳套近乎，好学生则摆出一副无比厌烦的模样。

后来那件事闹得很大，因为很少有学生敢这样和老师公然对抗，大家都说她死定了，然而她却气定神闲地该干吗干吗。那时候十几岁的我反倒看得津津有味，甚至对这个天不怕地不怕的女孩莫名地产生了好奇心。我曾经问她："你不在意老师和同学们对你的评价吗？"

她一脸认真地说："啊？为什么要在意别人？我为自己活着。"

"那你就真的什么都不怕吗？"

"不怕。"

两个字，干净利落，与我想象中的回答完全一致。

高中时琳自然也成了学校里的"风云人物"。老师没收手机的时候她直接自己砸烂，高考前五个月不想念了回家休养……如此种种，你听了一定觉得她坏极了。

可就是这样的女孩，后来居然成了我的朋友，而且是最好的那种。

很多人都见不得别人好，对芝麻大的小事耿耿于怀，自私、冷漠，只关心自己，但琳不一样，她从不会存心伤害任何人，自己被伤害后也总能一笑而过，遇见老实人受欺负一定会挺身而出，比谁都爱小动物。

初二时的一堂活动课，班里的几个女生围在一张桌子旁，我走近一看，一只小鸟被绑住了一条腿，飞不起来。琳冲过去问是谁干的，女生们都摇头。琳把小鸟捧在手里，想解开绳子，笨手笨脚的她弄疼了小鸟，小鸟扑腾了一下，琳的眼泪一下就流了出来。她焦急地拜托旁边的女生帮帮忙。我站在不远的地方，第一次觉得平时乖戾的她好棒，也是在这件事之后，我们有了新的交集，并渐渐熟悉起来。

其实人就像硬币的两面，有缺点，必然有优点，但人们评价一个人，往往带着偏见，因为缺点而忽略了他／她闪光的一面。

写这篇文章前，我一直都在犹豫，因为我不确定，会不会有人和我一样，能够读懂琳，但我还是决定写出来，因为我看到了她的另一面。

朋友有事时，琳永远是第一个到。她说大概因为自己数学不好，所以不喜欢算计和计较。在她眼里，是非、好坏、曲直都很分明。她的家庭环境很好，但从不以此作为交朋友的条件，从不势利，绝不阿谀。她对爱情有很严重的洁癖，不喜欢随便开始，不愿意轻易结束。大家有事都喜欢找她帮忙，她却很少麻烦别人，她说，女孩子独立一些比较好。

在这个功利的时代，真感情总是被杂质干扰，像琳这样真性情的人越来越少了。我是一个在小城里长大的人，在我念了北大、上了电视、出了新书之后，身边莫名多了很多"朋友"，琳却一直是老样子，她习惯了不带任何目的地对我好，所以没有任何远离或亲近。

她一直在用自己的方式对这个世界的种种做出解释和回应，在用自己的态度去证明真心能够换真感情。我有时候觉得她像一面镜子，干净透明，让身边的人都能好好审视：是不是我活得太小心翼翼而丢了自己？是不是我也变得世俗，活成了自己曾经最讨厌的模样？她一直真真切切、潇潇洒洒，并以此告诉身边的人，人生如此，拿酒来。

高考之后，她成长得很快。以往聊天总是吐槽这个、八卦那个，现在见面，竟然问起我大学里的事情。她好奇地问我北大学生怎么生活，问我创业的故事，以及我的打算。

"以前从来不关注这些，难道现在改邪归正了？"我试探性地问。

"嘿嘿，毕竟咱是二十几岁的人了，还能天天打打闹闹啊？会嫁不出去的。我可不想让我妈一直为我操心，她老了。"

琳的妈妈是个典型的女强人，在外打拼家业，有很多应酬。每次妈妈出去吃饭，琳都会把家里收拾得整整齐齐，再在床头放一杯白开水。以前她有很多主意，现在哪怕自己做得对，妈妈发一发脾气，她也会乖乖听着。以前她喜欢出去玩，现在她每次回家都陪在奶奶身边照顾她老人家。

我说："你长大了。"她说："只是更懂得什么东西重要了。"

其实有的时候，我们就是太在意别人的看法。很多女生从小就想活成一个"好女孩"，所以一直隐忍。小时候听父母的话，学他们想让自己学的乐器、舞蹈、书法；有事情就跟父母说，不能自己做决定；长大了听男朋友的话，少交朋友，不能太强势，要打扮成男朋友眼里最好看的样子。

她们从小就被灌输一种"你要乖才有糖吃"的思想，所以慢慢活成了别人的期望。但其实不是每一个女孩都要成为这样的"好女孩"，也不是每一个"好女孩"都有糖吃，因为我们总要面对不可避免的麻烦和困难。所以，真正的好女孩应该足够独立，有很强的原则和主见，尊重自己内心的每一个选择。

琳是从来不会活成别人期望的样子的，她足够勇敢和果断。我常说，她是要活成一道风景的，她从不会因为别人的怀疑而改变或否定自己，也常常能抵挡住世俗的眼光。

其实每个人长大以后都会变成普通人，嫁人娶妻，为人父母，宣告短暂的青春期结束了。但我相信琳的青春是美好的，比起那些畏首畏尾、活得拘束的人，已经足够好了。

前两天放假，我们聚在一起，琳把车开得很快。

我一边摆弄手机，一边问："什么时候拿的本啊？不记得你会开车。"

"上周拿的本。"

"那……你……什么时候……开始摸的车？"我把手机放下，稍微坐直了，紧张地问道。

"大前天还是昨天，忘了。"

当时真的吓出了一身冷汗，刚开车就敢开这么快，所以整段路我都死死地盯着靠近或可能靠近我们的一切车辆和人流。

她倒是摆出一副坦然的样子："我觉得吧，人都要有这么一个过程，要不怎么能开得好呢？没事，只要不撞着人就行，蹭到车就去修呗。"

这就是她。

那天晚上琳带我去一个天台，二十七层的楼顶，从二十六层爬梯子上去很危险，有恐高症的我一直不敢上去。

她说："哎呀，走吧，上面有更辽阔的视野，人生那么短，风景咱必须看够。"

她把包扔给我，二话没说就开始往上爬。

其实她并不是天不怕地不怕的女生，在天台上她也不敢往边上靠近一步，难过时也会偷偷抹眼泪，只是她比任何人都懂得如何满足自己的小小心愿，如何过好当下的生活。

朋友 M 曾经跟我说，她喜欢琳的理由很简单，自己做不到的，看着别人做到，就感觉很幸福。M 是一个成天泡在书本和试卷中、戴着酒瓶底儿厚的眼镜、相貌平平的女生，她说，当她偶尔抬起头看见琳的时候，也会因为羡慕那样的青春而感到内心愉快。

"毕竟她曾那样热烈而恣意地活过，那是我没有勇气去做的。你不知道，像我这种一直被定义为乖女孩的女生，有多羡慕她的生活。人都是会变的，都会长大，也都会成熟的，也许终有一天她会变成围着柴米油盐转的妇人,但我永远记得她那段嚣张跋扈、无所顾忌的时光。"

我记得 M 说起这些话的时候,眼神是不一样的。

现在是北京时间凌晨两点十二分,我给 M 发了一条 QQ 信息。

正巧她没有睡,趁着热乎劲儿,我们聊了好久,关于自己的青春,关于琳的青春。

几年前我们都还常用 QQ 的时候,特别流行踩 QQ 空间,那时候我和 M 每天发动态,然后互相踩。M 说了"晚安"后,我还没有睡意,就点进她的空间,随便看看。

偶然间看到几年前她写的一篇日志,叫《女生 L》。

初次知道 L 这个女生,是从一个朋友的口中,听到的都是对她的抱怨、不满。L 的口碑,至少在我的小圈子里,很差。那时候还只是闻其名未见其人,我在想,那该是一个怎样骄纵的女子。

在一次偶然的机会中见到了她,大体觉得她跟我想象中的样子是吻合的,丹凤眼,尖下巴,皮肤白皙,有一头卷曲的棕黄色头发。她确实应当是那样一个骄横跋扈又高贵无比的女子,傲气十足,目空一切,随性而直接。其实,在我的眼中,这样的人是很讨厌的,太过自我,不懂忍耐,没有退让,只是一味冲撞。

可是后来,我越发欣赏 L 的个性。她的勇敢、直截了当跟我的求全、退让、胆小完全相反，她的心里应该是没有什么负担的吧。至少在我眼中，L是真正为自己而活，自在洒脱，率性而为。

　　L的人生，应该是最为漂亮鲜艳的吧。

　　L对于我而言只是一个陌生人，我们谁都不认识谁，充其量也只是同学的同学。可是我真心希望L可以一直这样自由地生活，不为不重要的事情所累。

　　就这样一直漂亮下去吧，多好。

　　我不知道这篇日志是不是写的琳，当然也无意问起，此时此刻，我的心里像放了一碗水，平静得没有一点儿涟漪。

BGM_《自由不变》

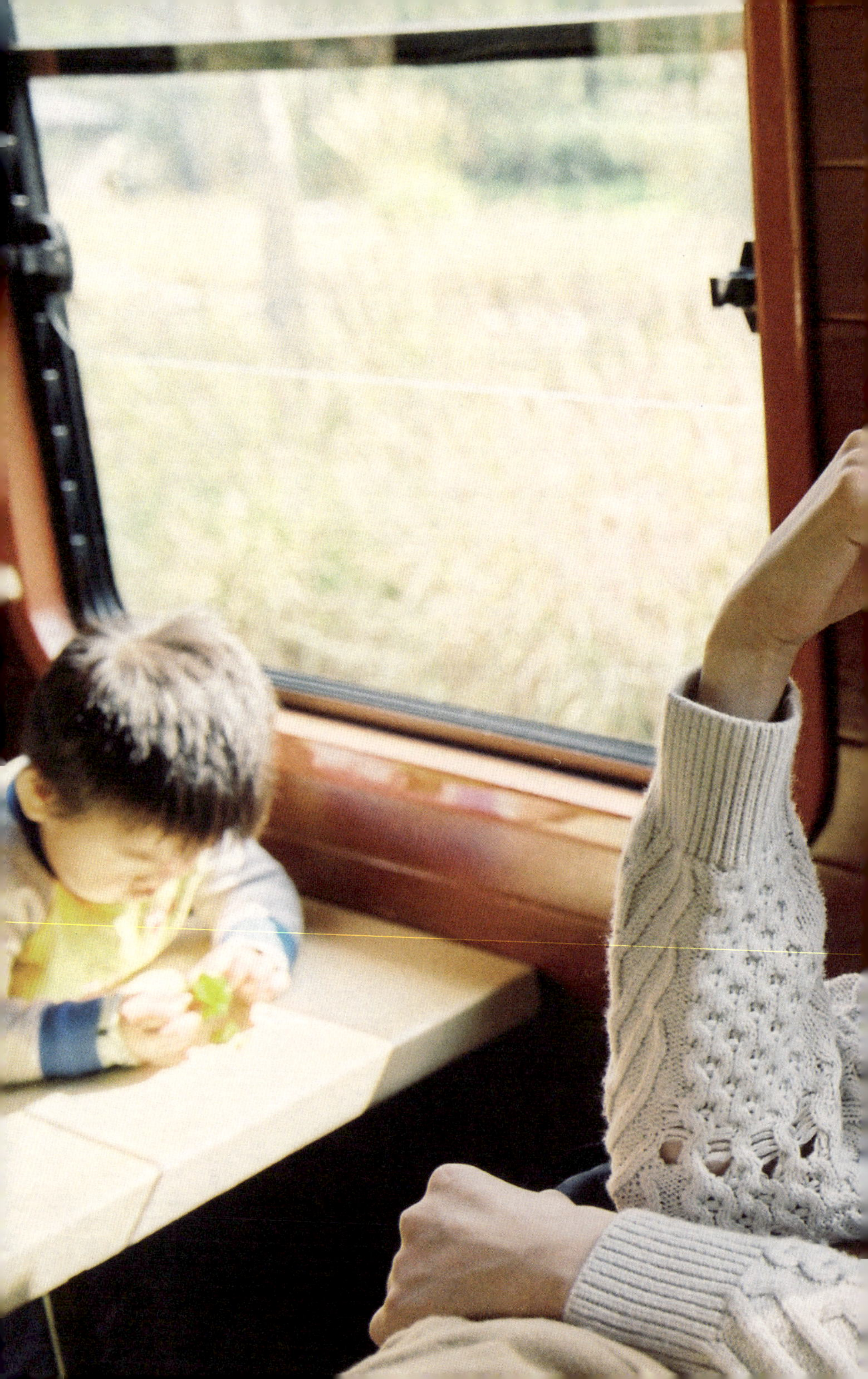

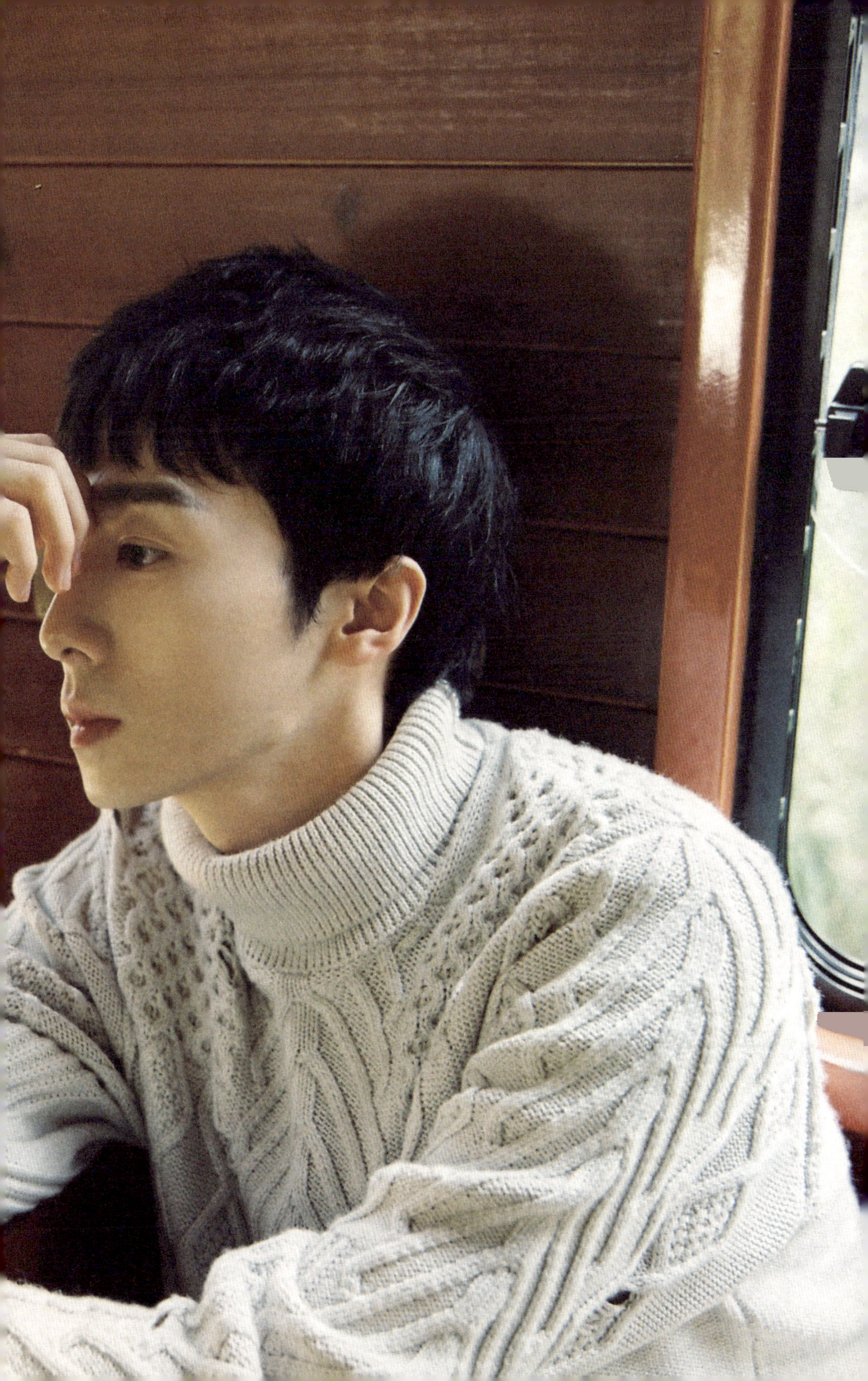

附记

|
尼泊尔
治愈旅行
日志

生活，别太紧张，别太用力，只要心存美好，再怀揣一个小小的梦想，就足够上路了。愿你历经坎坷挫折之后，愿你遭遇抛弃背叛之后，愿你接受困厄失去之后，会笑着以为——那些美好的仗我已经打过了，该跑的路我已经跑尽了。我不完美，但仍美好。

山老
人未老

by 苑子豪

下飞机那一刻,我后悔来这个鬼地方了。

其实针对这个暑假去哪里旅行,我跟哥哥有过不少争论。他坚持说宁静的地方有风土人情,慰藉心灵的同时也可以读懂自己,还说了一大堆诸如亲吻自己的灵魂、在旅行中找到自己与这个世界的平衡之类的鬼话,总之是把我骗了。我一来觉得在年轻时和哥哥一起去异国他乡旅行是一种尝试,体验前所未有的生活,不失为一项挑战;二来觉得尼泊尔远离了都市的喧嚣,在这样一个安静的国度或许能想清楚很多事情;三来就是不知道为什么,我总觉得尼泊尔有美食。经验告诉我,在行动之前,对于想象中的事情,最好先在网上搜索一下,百度会告诉你这里有没有美食。

2014 年 8 月 18 日
中关村

　　出发前一天的下午，我在中关村大街上晃荡，为了买一把透明雨伞。一来因为尼泊尔那边恰逢雨季，二来因为透明雨伞确实漂亮。

　　走在北京这个大都市里，总容易有一种迷失感。偌大的钢筋水泥大厦下面有戴着工牌的男员工，他们把衬衣领口处的扣子解开，松一松领带，一副放荡不羁的样子；他们眯着眼睛叼着烟，用力吸一口，再用力吐出来；他们聊输掉的商业项目，也聊输掉的暗恋的女孩。

　　走过好几条街，终于找到一家 7-11 便利店。在里面选来选去，把自己想吃的通通拿了，没出息得好像明天就是世界末日，或者今天便利店的店长谈恋爱，所有东西都不要钱。排队时站在我前面的小姑娘穿着绿色和白色相间的校服，上面清晰地写着某某中学。她拿了一份热腾腾的牛肉与鸡肉双拼饭、一盒巧克力饼干，还有两个士力架。她的耳机线绕了一个小小的圈，头发拨到了耳根后面。她的钱包也是绿色的，还系了一只小泰迪熊，钱包里面不过一百多块钱。

　　她不胖，臃肿肥大的校服倒衬得人更有美感，夕阳的余晖洒进店里，她额前的头发被映成了金黄色。原谅我对年轻的人和新鲜事物总有矫情的观察力。

后来我跟我哥撒娇说突然想吃冰了,也不顾胃口好坏就跑到一家甜品店点了两大份冰。吃完以后,我哥说我吃冰的时候最像小时候,很大口、很专注,也难看、也可爱。

当我们从甜品店出来,他问我还想吃什么的时候,我一下子就哭出来了。虽然弄得他措手不及,却也让我心里踏实。

讲实话吧,我是一个超级惜命的人,而出发前又作死般地看了十几篇飞机失事的文章和一些影音资料。一想到即将飞行六七个小时,越过连绵不绝的喜马拉雅山,我就面色苍白,快要尿出来了。

我疲惫地回到宿舍,给能想到的所有人都打了一遍电话,我跟妈妈开玩笑说如果明天我们的飞机也失事了,别忘了再帮我炒一份我最爱吃的腊肉荷兰豆,上次做得也太难吃了。

其实真的是这样,人生路上,我们都不知道什么时候会被命运改变方向。幸福也并不总是遥不可及,反而常常因为我们的忽略而变得看似遥不可及——生病时才想起健康时运动有多快乐,起飞前才明白昨天跟朋友吵架有多么幼稚。

我们每天都在小心翼翼地活着,生怕与这个世界格格不入,然而当我们真正将这些小心翼翼演绎得完美至极,当我们功成名就或声名远扬时,那些渺小的幸福早已远去。

过去的日子里,烦恼和遗憾总显得比未来厚重,仿佛未来只有惨淡无力的梦想,昨天却多得好像有无数个。

是的,昨天就好像是刚过去,而明天听起来永远很遥远。

大半夜睡不着觉，辗转反侧，思前想后，把这二十一年来的事情都想了一遍才肯放心睡去。

忙忙碌碌，来来往往，总觉得这就是北京，就是我要离开的地方。

下一次再见面是什么时候呢？尼泊尔之行回来，也就是七天之后。

我又笑，不一定。

毕竟每次阔别后的重逢都不能确定，不能确定何时重逢，亦不能确定能否重逢。

毕竟人在庞大的命运安排下是如此渺小又苍白。

2014年8月19日
加德满都

下飞机的一瞬间，我整个人都不好了。

脑子里想象的全是我哥跟我讲的碧水青山和蓝天白云，擦擦眼睛才发现这里其实就是一个连首都机场都只有一层建筑的穷地方。机场像是集贸市场，头顶是转动的吊扇，安检没有电子设备，而是安检员在身上摸几下。几张木头圆桌旁边围满了人，是要登记注册入境的，可是连一个工作人员都没有，一群中国人在那里你抄我的、我抄你的。

出了机场更是心塞。一只脚刚迈出机场，好几拨当地人就围上来，要帮忙引路，其实就是黑车。机场前面全是黑车，车子又脏又破，连个像样的后备厢都没有，行李直接抛到车顶上。

我们根据车的外观随便找了辆车，接着车子就往我们预订好的酒店方向开去了。一路上我只想闭眼，然后在心里把我哥撕碎一百遍，谢谢他选择了这个地方让我散心。

尼泊尔的路大多是没有修过的，尘土飞扬，又赶上雨季，常有泥泞坑洼之处。道路边的商铺破烂不堪，别有一番异域风情。楼不高，连个像样的商场都很难看见，街边全是小商铺，还有不少已经关门歇业了。天空一点儿也不蓝，还比不上北京的阴霾天。车子因为道路崎岖不平而上下颠簸，真是有种被发配受难的感觉。

这里没有红绿灯，都是靠戴口罩的警察用手比画来维持交通秩序的。我一眼都不想再看这个城市了，索性闭眼在心里骂哥哥。还没骂出第二句，我就被一阵击打车窗的声音吓到了。一个蓬头垢面的小姑娘用力地把手伸向我们的车里。

她的眼神里充满哀求，眉毛像是被炭烧过一样，用力往中间挤，看起来可怜极了。两只眼睛泪汪汪的，手不停地往我们车里抓，然后摆出很饿、很需要食物的姿势。我还没回过神，车子就开起来了，我问司机能不能停下来给她一些钱，司机说这样的孩子遍地都是。

我清楚地记得我打开车窗回头看她，她站在那里，仰着头，恶狠狠地瞪着我，好像要给我竖一个中指。车渐行渐远，她最终消失在了我的视线里。可怜的孩子，我不曾知道，你有多么不幸福。

后来到了酒店，我一头扎进去，不想出来，被我哥哄了好久，才勉强戴了个口罩出去走走。路上大多数本地人都会戴个口罩，这里肮脏的空气实在让人难以忍受，即便是警察也都戴着，尽管与一身笔挺的制服格格不入。

路上摩托车居多，在这个穷苦的地方，汽车少是情理之中的事情。一群又一群的摩托车停在路上，周边那么乱，像是去赶集进货的。

我第一次见识到了整体性的穷苦，它不同于贫富差距带来的底层人民的穷苦，而是整个社会集体落后。当地人大都穿着拖鞋，杀马特和非主流随处可见。男孩的头发被烫得像是炸了窝，裤子上挂一条大链子，耳朵上钉一个大钉子，趿拉着拖鞋，身材干瘦，昂着个头在小集市里穿梭。女孩的妆太淡，但她们不是为了追求自然美，而是不会化。当地人的头发都很脏，好像这个地方没有洗头的习惯一样。男女老少走在路上，脸上没有都市人的迷茫与失落，而是写满了他们自己才能懂的感觉。

我们去的地方是尼泊尔首都加德满都的CBD，但即便是购物中心，也仍然是个商铺繁多的集贸街。道路狭窄崎岖，偶尔会消失在巷子里，偶尔又会有一个很大的上坡或者下坡。电线杆上的电线缠得奇形怪状的，商铺破烂到你没有购物的欲望和冲动。和中国的商贩不同，这里的商贩不会主动到店门口拉客，就坐在店里面，卖衣服和百货的也没有什么竞争意识。

我们逛了很久，临走时决定买几件当地的民族衣服穿。几家卖衣服的店排成一排，衣服的款式差不多。我们选了一家，里面的衣服看起来挺有当地特色的，但是摸起来潮湿不堪。

卖衣服的小哥是一个比我们还矮的男孩，很瘦很黑，也是当地人的打扮，拖鞋、裤衩和头发都很脏。他吹着口哨，站在一边看我们选。我们试了几件，衣服上标的号码不对，穿起来不是像睡衣就是像兜肚。他把店里好看的衣服都拿出来让我们试了，还是没有喜欢的。

末了，我们准备走，他在后面大喊"Hey, friends"，接着从仓库里翻出一件灰色的上衣，抖了抖，笑着递给我。我清楚地记得他的样子，大眼睛，牙齿很白，开心地看着我。

他说"new designed"的时候眼睛里有光。看到这个"新款"，我们都笑了。在他看来是家中珍宝，在我们看来依旧是件睡衣或者兜肚。他失望地把衣服收起来，跟我们道别，我能看出他的失落。

走的时候，我从钱包里掏出小费给他，他愣住了，一直推说不要。我在他不大的店里追着他，说我们是"friends"，这是他应得的，但他就是拒绝，说不要客气，我们本来就是朋友。

最后当我把钱塞给他的时候，他眼睛都湿润了，木讷地站在原地，小声说着"谢谢朋友"。

店里放着歌，他不时哼唱着。他手里紧紧攥着小费的时候眼神更加迷人，然后冲我挥挥手，就那样看着我。

店里放的歌我一句都听不懂，但是那一刻，我觉得好听极了。

2014年8月20日
加德满都

昨晚没睡好。

坦白地讲,来到这里的第二天,心情并不是很好。清早起来,跑到酒店的游泳池旁,看看天,想想事,静一静,突然觉得这也是旅行的意义。

乘出租车出发时我依然戴着口罩,一路上观望着这座陌生的城市。其间路过一座建筑,很奇怪,以门口为中心,男女左右各站一队。后来几经打听,才知道这是当地人办理出境手续的地方,于是惊愕于人数之众多。

想来也真有意思,这些人大清早就来排队,为的就是离开这个国家,可是将要去哪儿、去做什么?未来会好一些吗?或许有的人全然不知,但又一想,总比待在这里好吧。年轻人都爱这样安慰自己,在一个地方没什么希望时,就将其归结于运气不好,然后南奔北走。

今天的目的地是杜巴广场,这是当地的大广场,人群集中地带。即便是周三,广场的热闹程度也丝毫不受影响。小孩们跑来跑去,或者骑个单车转圈;老人们悠闲自得地坐在庙前织毛衣;年轻男女依偎在角落里谈情说爱。这里的店铺既不热闹,也不冷清。

广场上的鸽子世界闻名。接触鸽子不需要买门票,但需要买谷物,一百卢比一大碗,够撒一刻钟了。卖谷物的妇人披着紫红色的衣服,笑起来满口大金牙。想起之前在课堂上学过，哈萨克斯坦人爱镶金牙，一是爱美，二是这样看起来很富足。鸽子漫天飞着，哪里有谷物，就呼啦一下子全飞到哪里去。

广场旁边有一个脏兮兮的小男孩，过来凑在我们中间大笑。他总使坏，一跺脚，好端端吃着谷子的鸽子就全被吓飞了。好心和他照了一张相，他笑开了花，但是照完他就向我们要小费。

我们匆匆收拾东西，准备离开这个地方，小男孩却一直跟在身后要钱。他说他好饿，问我们有没有吃的，求我们给他一些钱。

小男孩身后跟了一个乞丐，跟我们年纪相仿，一直笑着对他说不可能，别要了。小男孩缠着我时快哭了，我从钱包里掏出折合成人民币不到一块钱的卢比，他抢了过去，撒腿就跑。大乞丐在身后追他，要他把钱交出来，小男孩一边恶狠狠地瞪他，一边跑着说："就不，就不，这是我的。"大乞丐拖着大布袋子追他，一直说着脏话，恐吓他。

小男孩在前面跑，抹了一下眼泪，转过身冲着大乞丐吐了一口口水。大乞丐从地上捡起大砖头就追过去，一下两下没砸中，气急败坏地把手里的布袋子扔过去，啤酒瓶碎了一地，拖鞋等废弃物掉了出来。

大乞丐坐在地上，喘着气捡自己散落的东西，气得直抹眼泪。

小男孩终于消失在了广场上，我真后悔当初掏钱时没掏出一张面值更大的。

下午我们来到了猴庙，这座庙是当地人的祈福之地，和喧闹又充满商机的泰米尔街不同，这里很清静。年轻女子抱着孩子，眉心点着红色印记，念一念；中年妇女来到这里，双手合十，拜一拜；老妇人干脆跪在地上，虔诚地祈求全家安康、顺顺利利。

在尼泊尔这样穷苦的地方，仍然有信仰。

我想这正是他们幸福感十足的原因吧。每到晚上，我总能看见很多人坐在街边马路上，咬耳根、侃大山，男男女女、老老少少。即便是开店的，也不是那么照顾生意。乱糟糟的街道，要钱的小乞丐，不给钱就追在你后面，气得想咬断舌根或者踹你一脚。这个城市就是这样真实。

我想，信仰是能让人安贫乐道的。

傍晚的尼泊尔一点儿也不浪漫，但是它的真实却也让人着迷。黑黢黢的街道上坐满了人，你推个小车就可以卖新鲜水果，没有城管，更没有暴力。

无论如何，我还是很喜欢这里。这里的大多数人，你看他们的时候，他们都会还你微笑。

真好，晚安。

2014 年 8 月 21 日
前往博卡拉

这是来到尼泊尔的第三天了，我们从加德满都起程，准备去往一个叫作博卡拉的地方，听说电影《等风来》里面的山和水、滑翔伞和风，都是在这里取的景。

由于从加德满都去往博卡拉的陆路车程为七个小时，所以我们决定坐小型飞机过去。小型飞机属于私人航空公司，常常因为工作人员罢工而停飞，而罢工的原因可能是吵架或者小小的不愉快。所以当地人说，这几家私人航空公司很不正规，晚点是常有的事情。

为了不耽误行程，我们早上六点就起来了，准备早早地去机场等待出票。打车到机场，前脚刚下出租车，后脚就有几个当地人热情地凑过来帮忙搬行李。我们一共只有三个箱子，可是围上来的尼泊尔人有五六个。起初我以为这是当地机场的友好服务或者爱心志愿者帮忙，可是没几秒就反应过来又是一群索要小费的人。

尼泊尔人很穷，单从他们的外观就能看出来。头发脏到好像一两个月都没洗一样，拖鞋破破烂烂，像是连穿了好几个春夏。他们的肤色并不是那种健康的黝黑，而像是被贫瘠穷困浸淫过的黑，没有光泽。

想到这里就觉得给一些小费也无妨，毕竟当地的消费水平很低，在酒店给服务员的小费折合成人民币也不过几块钱。可到了机场入口，这些人竟然狮子大开口，跟我们要一百元人民币的小费。

要知道，我们下车才走了不到一百米，而他们仅仅是帮忙提了一下行李箱。相比这些人，我倒很喜欢当地的导游，他们整日游手好闲的，但是只要有游客到来，就会带着百分之百的热情去工作。功课是提前做过的，为了拉近关系，他们甚至学会了几句中文。

讨价还价后，我们最终给了这几个人五十元人民币。带着满腹牢骚，我们进入了漫长的候机时光。两小时后，机场的工作人员告诉我们航班取消了。从早上六点等到下午两点，我竟然一时间说不出话来。

我一直在抱怨我哥，都怪他硬要坐飞机。我翻了个白眼："这下好了，去问机场的人借双翅膀飞吧。"然后扭头走掉。

候机期间我认识了一个喜马拉雅人，聊东聊西也算是打发时间了。他并不是真正的喜马拉雅人，而是尼泊尔本地人，来自一个靠近中国西藏的不显山不露水的尼泊尔小村庄。之所以说他是喜马拉雅人，大概是因为他的气魄很像喜马拉雅人吧。

后面还会聊到这个喜马拉雅人，这里只想说他拯救了冷战中的我和我哥。喜马拉雅人热情地叫了一辆很大的红色吉普车，司机只向我们要了不多的路费。要知道，在这个穷得满路都是摩托车和两厢出租车的地方，见到大吉普就像是买彩票中奖了，而坐上大吉普则是中了头奖。

我清楚地记得我上吉普车的时候周围人投来好奇和艳羡的目光，我觉得那一定是因为我长得太帅了。我昂着头，跟我哥说："哥，他们会不会觉得我是远方来的小王子？皇室里的小王子，就是住在富丽堂皇的大宫殿或者城堡里面的那种？"

"你以为他们都和你一样爱看童话故事吗？你见过小王子穿短裤和人字拖吗？"他给了我一个白眼，"他们没看你，看车呢，没见过这种车而已。"

之后一路我们都没再说话。

喜马拉雅人长得不高，皮肤和大多数尼泊尔人一样黑，但是不同于他们的是，喜马拉雅人很有钱。虽然穿着还是有一种放荡不羁的感觉，但是从他给我展示的 iPad、iPhone 和单反相机就可以知道，他的生活水平在大多数人之上。

后来我们得知他是两家自行车店的店主，不仅卖山地车，还涉及周边产品、维修以及徒步登山等服务项目。在感慨他年纪轻轻就能有些家产的同时，我问了他两个问题：第一个是他多大了，第二个是他结婚了没有。

我问完之后睁大眼睛看着他，我哥在一旁想打死我。

好在他脾气好，哈哈大笑后告诉我他今年三十岁了，却仍然没有女朋友，不是找不到，而是不想找。他说每个人对幸福的定义不同，有人向往爱情，有人向往金钱，但他更向往自由。

我们交换了 Instagram 账号。我看到他的越野业务已成规模，也了解到他去过瑞典、新西兰以及中国广州，都是去参加越野爱好者的活动。我问他为什么不踏踏实实地过日子，而选择四处漂泊挑战极限。他说自由是最伟大的。年轻时他在工厂里打过工，什么都学了一些，厂长不发工资也无所谓，因为他得到了历练。上不起学，就在工厂里学技术；没机会接触英语，就跟懂英语的人学；脏活累活没人肯干，他就挑起大梁。万事开头难，百事皆知识。

喜马拉雅人的住所不固定，父母在老家，他们不知道他做了几次手术、断了几次骨头，也不知道他在外面做生意搞得风风火火，只知道他在上班，挣得不算少，年轻有为，身体好。

我问他这种生活准备过到什么时候，他说他也不知道，只是觉得年轻时如果不做一些自己喜欢的事情，等到老了就会后悔。

他总爱拿他的单反相机抓拍我，跟我说下次再来中国一定要找我玩。我开玩笑说世界那么大，人走散了怕是很难再遇到。

他哈哈大笑，拍着我说，哪来那么多的害怕。

想想也是，不管昨晚你经历了怎样的撕心裂肺，早上醒来这座城市依然车水马龙。没有人在意你失去了什么，没有人关心你快不快乐，地球也不会为了任何人停止转动。心酸了就哭，累了就睡，撒不出气来就大吃大喝。怕什么怕，反正最差也就这样了。

乖，别怕，总有人对你温柔说晚安。

2014 年 8 月 22 日
博卡拉

这是来到博卡拉的第一天,一大早起来,我们就朝费瓦湖去了。

路上偶尔可以看到校车。尼泊尔的教育并不先进,但是当地人很重视教育,学生都有校服,粉色或者蓝色的衬衣,精致的小领带,西裤或者百褶裙。在街上还经常能看到黄色的国际标准校车,车身很大,有足够的座位,沿途接送学生。

想问路,找到马路旁的一家甜品店。经营甜品店的是一个跟我们年纪相仿的男孩,打着耳钉,笑起来很温暖。他旁边站着一个小女孩,梳着洋娃娃一样的头发,眼睛又大又晶莹,睫毛长到眼睛闭一下就可以让人陶醉。小姑娘乖乖地站在店里,她哥哥不叫她动,她就真的不动。

我想,再穷困的地方,只要有哥哥在,就会有小公主。

"有哥哥疼真好,她在哥哥眼里一定是最幸福的小公主。"

说到这里的时候,我哥向我翻了一个白眼,说让我放心,无论如何,我都不会是小王子的。

后来买票去了费瓦湖。船又窄又小,划船的老人说这湖有几百米深。可能也是看我不太老实,怕我把船弄翻,故意那么说的。我们到得早,又赶上阴天,湖里没几条船,这种感觉最好了。

深入湖中心，周围都是大山，头顶是大云，脚下是大水，有一种闯入仙境的感觉。我想这就是自然迷人的地方，给人以无限的想象空间。

我想作诗，我哥说他想让我闭嘴。

可我还是作诗了，我说："此刻，湖都是我的，我好富。"

其实抬头看旁边的山峦，是可以隐约看到滑翔伞的，颜色不一的滑翔伞从山顶慢慢滑落，在山间飘来飘去。我们打听了周围所有办理滑翔伞的公司，都说没有滑翔位置了。沮丧之际，遇到一个上海阿姨，人很好，心地善良，带着我们跑东跑西地问。后来到了她买票的旅行社，阿姨给我们使劲儿争取，说我们是她的朋友，让老板无论如何也给挤出两张票来，最后还是未果。

有人说来一次尼泊尔，不来博卡拉就是遗憾，不滑翔就有残念。

巧的是阿姨的老公恐高，突然不敢去了，因为离滑翔时间只有一刻钟了，单单一张票旅行社又不给退，阿姨索性把他们的票都转给了我们。可遗憾的是我们没带足现金，又刷不了卡，我这样年纪轻轻又不是阿姨的菜。

不过都是中国人，在外就是一家人。

阿姨的老公把支付宝账号给了我，说等回酒店后再把钱打给他。都是中国人，在外遇到不容易，他祝我们滑翔愉快。

我高兴得快要落下泪来，紧紧握着阿姨的手，然后阿姨的老公把我的手拉开了，再然后就没有然后了。

滑翔很刺激。我的教练是一个澳大利亚人，热爱自由，几年前玩极限运动，几经周折来到尼泊尔，跟当地的一个女子结了婚，现在已经有两个孩子了。他说他的宝贝长得都很漂亮，像妈妈。

滑翔的时候真的是从大山上滑下去的，底下就是茂密的丛林和辽阔的湖面，我无数次想过会不会掉下去，掉下去的话，我这样一张英俊的脸被毁岂不是亏死了。

飞到两千米高空时，鸟儿就在我身旁，周围云雾缭绕，什么都看不见。在这种时刻，我什么都无所谓、不在乎了，生活中的那些小事比视线里的人影渺小多了。

这时候，我想起一个人逃离南方来北京打拼的果冻楠，想起快到而立之年却仍然单身的善良姐姐李肉包，想起自己曾因为一次小小的失败就沮丧到窝在床上一天不想起来，曾因为一段挥之不去的感情而备受折磨、伤痕累累……其实我们每天忙忙碌碌，看似在找寻生活的意义，却不知道一点点地把自己弄丢了。有时候有些事情并不是应该忘记，而是值得忘记。

那些烦恼都真的值得烦恼吗？那些忧愁又真的值得忧愁吗？当你置身于两千米高空，命悬一线时，你就会想明白，过去的事情，就让它过去吧。

不是有句歌词是这样唱的吗："带不走的丢不掉的，让大雨侵蚀吧。"

2014 年 8 月 23 日
返回加德满都

他们守着大山,然而大山老了;他们老了,他们死去,大山却还在。

今天是旅行的第五天。从博卡拉回到加德满都又是一段相当漫长的路程,要翻过很多大山,要跨过很多大水,从白天到黑夜。

大山自然很美。

适逢尼泊尔的雨季,山间空灵,时不时雾蒙蒙的。山间有一条大河,奔流不息,在很远的地方都能听到那种水撞在石头上粉身碎骨的声音。

你见过那种大山吗?一眼望去看不到山顶,漫山遍野都是郁郁葱葱的树木,偶尔有泉水从石缝中冒出来。整座山凉凉的,可以听到不知道是什么动物的叫声。

尼泊尔的盘山公路修得并不是很好,路很窄,指示牌也不多,有几次急转弯的时候我真是靠念着"妈妈,我爱你"闯过险关的。不仅如此,路还很漫长,好像总也走不出这座大山。从它的一端走向另一端,即便穿过它的腹腔,绕过它的腰,爬过它的肩头,也还是走不出去。

其实所有路都是总也走不完的。

尼泊尔人的英语带着当地口音，有时候很难听懂。最初喜马拉雅人告诉我们坐这辆吉普车只需要五个小时车程，可是飞驰了五个小时后，我们还在山路上。

开吉普车的男人很帅，鼻子高挺，笑起来可以露出十颗白牙，嘴角还扬得恰到好处。他英语不好，一路上不怎么说话，只是把车开得很快，跟着车里开得很大声的音乐摇晃几下脑袋。我几次问他我们还有多久能到，他都支支吾吾，让我总有上错车被绑架到大山里的错觉。

大山的恐怖就在于隐秘吧，你不知道下一条路在哪里，何时会从这座大山出去，再进入另一座大山。身处自然之中，又像是在自然之外，你不知道自己所处的地方距离云端有多远。这种空旷感、迷失感和未知感真让人恐惧。

走山路就跟走人生的路一样，你无法知道下一条路在哪里，要怎样走才算对，还要多久才能抵达目的地。错过和遇见都是对等的，没有公平与不公平之说。但凡小有成就的人，都一定是走了一条别人不愿意走的路，或泥泞不堪，或荆棘丛生。

车子飞驰在山路上，听着偶尔传来的悠长的鸟叫声，树木静默地扎根在深山里，我才领会到，万事大同，隐秘即伟大。

我突然想到，会不会半路杀出一群野人，他们脸上涂抹着颜料，咿咿呀呀地说一些我听不懂的话，然后把我架在木头上，扛回大山深处。我还想到，我会不会因为长得帅而被族长的女儿看上，从此做了压寨王子，在大山里过上一呼百应、喝酒吃肉的生活，登上人生巅峰。

突然一个急转弯把我弄醒了。

原来是到了收费站。

所谓的收费站，也不过就是几个尼泊尔人支张桌子在那里收费，连个像样的办公室甚至路障都没有。收费的人会一直站在马路中间，一辆辆车自觉地停下来交费。在这个穷苦的地方，却没有人逃单。

我们的车刚停下来，几个尼泊尔小孩就蜂拥而至。他们拿着青涩的小香蕉和烤焦了的大玉米，咧着嘴往车窗里送，一把小香蕉二十五卢比，折合成人民币不到两块钱。当我把钱给一个小男孩的时候，他高兴得快跳起来了，大笑着跑到下一辆车边去了。很遗憾，车停的时间太短，我没来得及问烤玉米多少钱。现在想起那个脏兮兮的卖玉米的小姑娘满脸不高兴的表情，还觉得很愧疚。

我知道，那玉米一定烤得又焦又香。

车子缓缓启动，再一次拐进大山里。

夜幕低垂，大山显得更恐怖了。山里落后到没有路灯，司机靠着娴熟的车技、一个车灯以及在这座大山里常年往返积攒下来的经验往山下开。

我用手托着下巴，看着周遭的世界。我发现这座大山真是奇妙，明明在很久以前荒无人烟，现在却时常可以看见穿着校服的小女孩，还有便利店、餐馆和小旅店。也不知道这座大山经历了什么，大山里的人都从何而来、为何而来。

我想，凡是大山的问题，都属于哲学的范畴吧。

人们扛起斧头，在大山的身体上凿出一条又一条血汗道路，开起小店，种着粮食，创办学校，还在途中建立了几个简陋的加油站。那些小店很漂亮，挂着很多彩色的布。有的人干脆就把民族服饰挂出来，开个服装店。我看这些店经常没什么人光顾，心想像我们这种赶路的在大山里穿梭都吓得要尿裤子了，谁还顾得上把车子停下来，去店里逛一逛。再说赶路的人都会自备干粮，恨不得这六七个小时的车程快点儿结束，根本不会驻足。

所以依我看，这些店根本就没有开的必要。

偶尔会有男孩骑着摩托车，载着睡在他背上的女孩，以比我们还要快的速度往前方驶去。他们都穿着拖鞋，没戴头盔，女孩的头发迎风飘起来。我知道这是他们安稳的世界，是他们相爱的时光。

有时路边会坐着一堆人，三五成群的，侃大山，喝白开水。仔细想想，好像随处可见这种场景。倒也是啊，他们不在外面坐着，又能做些什么呢？在这样一个封闭的地方，他们根本不知道外面的世界是什么样。

然而他们自得其乐。

老人有老人的圈子，围在一起织毛衣、缝补丁；男人有男人的圈子，坐在一起看马路边来来往往的年轻女子；女人就聚在一起聊聊家长里短，通常她们身边会有几个小孩子跑着闹着，到时间了就跟着妈妈回家做饭吃饭。

在尼泊尔这座城市，几家人凑一起就可以过一辈子，一家专门卖衣服，一家专门开饭馆，再来一家专门卖日用百货。卖衣服的用挣来的钱去买油盐，卖油盐的用挣来的钱去小饭馆吃饭，小饭馆的老板娘则拿着挣来的钱去买漂亮衣服，如此兜兜转转，日子过得逍遥自在。

我不止一次地想，这座大山里的人们，结婚时是什么样的？有正规的仪式吗？比如新娘子穿上很漂亮的衣服，新郎化一点妆，两家人凑一起摆酒席，张灯结彩地庆祝。他们会有蜜月吗？有没有主持人为他们诵读爱的诗句？

也许在这样的大山里，结婚就是女孩坐上男孩的摩托车，从山脚的娘家出发，去到山腰的婆家。那里可能会有一桌子的饭菜等着他们吧，也可能会有几家卖衣服、开馆子、卖百货的人为他们唱歌跳舞吧。

也可能仅仅是女孩把头靠在男孩温暖厚实的背上，风呼啸而过，她听不见他在说什么。男孩迎着风，眯着眼睛，把背慢慢弯下来。他穿过隧道，穿过大山，穿过岁月，许诺带她回家，和她一起过柴米油盐的简单生活，许诺陪她穿过一生一世的风波。

到加德满都是晚上十点半左右。在深山里奔波了七个多小时之后，我很感谢老天又给了我一次活下来的机会。我试着问自己，倘若我不是生活在一座有购物街和电影院的城市里，而是生活在这样一座与外界隔绝的大山里，一切会怎样？

我猜他们的生活里没有钩心斗角，亦不会矫情到深夜睡不着，在微博上分享一天的苦闷。他们不懂什么是压力，亦不知道什么是纷扰，更不懂谈恋爱会出轨、交朋友会被算计，总之，我们苦心经营的那一套深奥的处世之道，他们根本不会理睬。

突然想起前几天从北京出发的时候，也是这个时间，我因为丢了一把刚买来的透明雨伞而跟自己生气，想想真是有滋味极了。

这一天的时间都花在了路上，我也不知道到底感受到了什么，甚至连写下这篇文章的想法我都弄不清。我想这就是大山的魅力吧，它让那些人慕名而至，留下来，直至老死在这里，亦让我们若有所思，又不知道到底被什么东西沉沉地击中了。

跟那些大山里的人相比，我们算是又忧愁又苦恼的一群人了，能不能守住心底小小的幸福，其实全靠我们自己。

晚安。

2014 年 8 月 24 日
巴德冈

　　这是在尼泊尔的最后一天了，心境反而平和了很多，不失落，也没有要回家了的欣喜之感。从最初来到这里时很失望，到如今被这里的简单打动，我相信这是一个洗涤心灵的过程，亦是让自己摆脱烦扰的过程。其实根本没有什么所谓的正能量，也没有所谓的放空自己，凡是救赎，皆因为自己愿意停下脚步，给自己一个轻轻的拥抱。

　　即将离开这个古老又破旧的地方了。从昨晚在酒吧时开始，仿佛就已经走在怀旧的路上了，恋恋不舍起来。早上来到巴德冈的广场，心情好，找了一个当地的导游，我们要求避开那些可以解说的景点，去一些很多游客不会去的地方，深入了解当地人的生活。

　　来到当地人居住的巷子里，我们才发现他们单纯到连岁月都无法惊动。孩子们早上十点才去上课。因为教育资源不足，他们需要轮流上课，所以不同的时间段会有不同的孩子穿着干净漂亮的校服走在路上。没课的时候，孩子们就喜欢坐在广场上，一个人待着，或者三五成群，聊聊天，看看过往的人，时间到了再去学校。

　　巷子里的门都很矮很小，需要微微弯腰才能通过。这里的老人大多佝偻着身子，穿着长袍，牙齿掉光了，有的两只手撑在窗子上看着外面；有的坐在地上，织毛衣、聊天，我们路过的时候都不会把目光转移到我们身上。

尼泊尔的女孩很漂亮，化淡妆，有的指甲上还会涂上简单的颜色。有个姑娘从矮小的门里走出来，把一大桶水提到另一间屋子里去。屋子里没有灯，昏昏暗暗的，我想她们应该不爱看电视吧，也不会躺在床上刷微信吧，节假日也不会去逛街吧，纪念日也不会去吃烛光晚餐吧。不过我想她们应该挺美的，每天帮家里做些事情，照料弟弟，伺候奶奶，去田里忙活一阵子，到了上学的时间就穿着整洁的校服去找自己的小姐妹了。

有时候觉得，人一简单，就会接近大山大水、大云大雾，就会变美。

来到这个居民区，我发现这个地方的人过着与世隔绝的生活，虽然在我们看来可能有些贫穷，但却淡泊名利、与世无争，没有纷纷扰扰，自在洒脱。

我想起几天前在成都的朋友 L 给我发微信说他准备考研，压力太大，每天都感觉世界要崩塌了；又想起在北京时公主病患者 M 小姐说她男朋友除了脸好看，其他一无是处，每天都觉得自己没有得到应该拥有的幸福；还想起 H 先生说，失败是成功之母，所以我们总处在一种"无力"的境地之中。

我相信这里的人仍然有自己的烦恼，可能细微到觉得柴米油盐不够，大到害怕自己老无所依；我更相信那个住在昏暗屋子里的小姑娘也渴望自己变成公主，两只手撑着窗户的老人也渴望在外漂泊的儿子能多回来看看自己。然而，有时候人必须学会两件事，那就是除了不屈之外，还要知足。不是所有的事情都需要面对，也不是所有的事情都不能接受。

其实有时候旅行不是为了看风景，而是为了换心情。弄清楚自己与这个世界的关系，接受自己，在过去与现在甚至是未来之间找到平衡，就够了。

那些已经失去的，还那么重要吗？那些念念不忘的，就真的值得永远铭记吗？那些看似不幸福的，就真的不幸福吗？

在这个地方闲散地逛了一整天，我终于想明白很多事情，看透了很多人。我想人是需要这样的机遇的，在一个陌生的地方，找到另一个自己。

生活，别太紧张，也别太用力，只要心存美好，再怀揣一个小小的梦想，就足够上路了。愿你历经坎坷挫折之后，愿你遭遇抛弃背叛之后，愿你接受困厄失去之后，会笑着以为——那些美好的仗我已经打过了，该跑的路我已经跑尽了。我不完美，但仍美好。

晚安，尼泊尔。

好梦，未来。

尼泊尔，
等风来

by 苑子文

2014 年 8 月 18 日
出发前一天

　　下午和弟弟去买出行需要的物资，北京热得让人懒得多走一步。中关村附近到处是发小广告的兼职学生、给企业涂烫金大字的粉刷匠、装最后一批货的快递小哥以及在这个北京城知名智慧圈奔走的白领。我坐在台阶上看着他们，静静地，也在思考自己。

　　我要成为一个什么样的人？我会成为一个什么样的人？

　　这个问题我们从小就问自己，在似乎什么都不懂的时候倒想得很明白，答案脱口而出。那时知道自己想上哪所中学，上中学后知道自己想考哪所大学。但真正长大了，却又迷茫了，不知道自己到底想做什么、会做什么、应该做什么。其实人都是这样，知道得越多越不知所措，懂得越多，疑惑也越多。

晚上在宿舍里收拾行李，弟弟一直打电话，以自己的箱子比我的小为由，让我帮他带这个带那个。三个电话之后，我疑惑地问："那你究竟都带了什么？"

他说："尼泊尔购物不方便，我把我的零食都带上了，放心吧，到时候分给你吃。"

临行前总是思绪很乱，感慨横飞。我还记得第一次因为工作而坐飞机时，觉得特别新鲜、特别酷，那时候想，如果以后可以飞来飞去就好了。后来飞的次数真的越来越多，为了不耽误工作，冬天早上四点多就要起床，拉着箱子，把脸藏进围巾里，打上车倒头就睡。晚上十二点回到北京，窗户上有哈出的雾气，路边的灯光在上面晕开。回到宿舍咬着牙洗个冷水澡，站在镜子前，感觉整个身体都是僵硬的。这种时候总会期盼日子过得快一些，可以有个小假期休整一下。再后来就不愿意飞了，喜欢宅在家里，给家人做一份早餐，然后出去跑步健身，或者找几部电影看一整天。

我们总是这样，没得到的时候觉得非常好，就想要，老天真的全都给你了，你又觉得太饱了。所有东西都是这样，物以稀为贵，所以有时候保持点儿距离是件好事。

要睡了，明天很早就要起，晚安。

2014 年 8 月 19 日
旅行第一天

来加德满都的第一天，我们坐在出租车里，开着窗户，一个流着鼻涕的小男孩把头伸进车窗，不断拿手指着嘴，表情狰狞，还不时伸手抓我们的包。

道路很堵，车子一点点往前挪动，小男孩跟着车子。我们示意半天没有吃的，很抱歉。一个年龄比他稍大一点儿的女孩就过来嘲笑他没有要到食物，揪了一下他的耳朵，然后跑开了。

车来车往，小男孩也不顾安全就往前追，那个小女孩身上很脏，她朝小男孩屁股踢了一脚，然后得意地跑了。小男孩站在马路边大声吼叫，朝着女孩跑去的方向撒尿。他尿得很高，回过头来直勾勾地盯着我们，那眼神让人害怕。

在加德满都的广场上，一些流浪乞讨的小孩看到你有钱喂鸽子，就会问你要钱。一个小男孩光着脚跟在我们屁股后面，稍大一点儿的男孩阻拦他的生意，不让他缠着我们。我看小男孩连鞋都穿不起，很心疼，就给了他二十块。他拿到钱之后朝大孩子炫耀，然后钱就被抢走了。这个小男孩也就四五岁的样子，气得从地上捡起一块石头就向大孩子扔去。

不知道为什么，每次看到这种场景，我的恐惧大于悲悯。

我们规规矩矩地长大，无论如何也不敢随意横穿马路或拿起石头扔向别人，做事总是遵循最基本的底线——注意安全。但这边乞讨的小孩们丝毫不注意这些，或许对于他们来说，除了饱腹，其他很多东西没有那么重要吧。

很多人喜欢抱怨，为什么自己不如别人有钱，为什么别人长得那么漂亮，还学习好。其实和这些孩子相比，我们已经足够幸福了。所有的怨念都源于不满足。没错，人是应该往前看，但是得跟自己比，而不是跟无穷尽的欲望较劲。我们真正要做的，是学会珍惜、知足，保持内心宁静。

晚上吃了半份牛排，洗了澡赶紧钻进被子里，可能因为折腾了一天，很快就有睡意了。

晚安。

2014年8月20日
旅行第二天

早上和弟弟吃了早饭，他还是老样子，把不喜欢吃的放到我盘子里，我说好吃的就帮我吃掉。他喜欢一些烤番茄之类的菜品，说看着就很健康，然后傻兮兮地笑起来。其实每次弟弟嘻嘻哈哈，我都觉得这是他最美好的时候。

身边很多人，尤其是年龄稍微大一点儿的人，好像都习惯性焦虑，想得很多，烦恼也很多。但弟弟不一样，他会爱自己，享受生活。其实人就应该这样，只有自己最懂自己怎么样才快乐，所以想做什么就去做，别想太多。

下午我们去逛了加德满都的广场。广场上的宫殿很旧了，有的正在修缮。宫殿旁边就是出现在很多电影里的那个著名的鸽子角，电影里这个角落特别美，鸽子飞起来的时候，有几百只，特别壮观。但现实是，这里只有小小的一方空地，地上全是鸽子屎，味道很难闻。

在这边喂鸽子要买一碗谷物，往空中一撒，鸽子就齐刷刷地飞过去，按下快门，加个滤镜，倒也很漂亮。养鸽子的老婆婆信仰宗教，一直虔诚地感谢我们。因为要摆动作，所以基本上是摄影师扔谷物喂鸽子。临走时老婆婆要送我一碗谷物，让我也试试。她不会讲英语，就只是伸出双手，很真诚地笑。

撒下一把，鸽子呼啦呼啦全飞起来，我哧哧地笑了出来。

晚上买了很大的杧果，虽然是青绿色的，但是很甜。穿着人字拖随性地在街上游走，觉得这里狭窄、拥挤，不算是美景，但看着弟弟满眼新奇的样子，又觉得此刻的异乡变得温柔起来。

晚安。

2014 年 8 月 21 日
旅行第三天

早上很早就醒了，一个人戴着耳机，坐在酒店的泳池旁慵慵懒懒地听着音乐。

我曾经问一个很爱独自旅行的朋友，旅行的意义究竟是什么。她说旅行可以让她想很多，也明白很多。其实每次听到类似的说辞，我都是不认同的。

我说："旅行只是让你短暂地置身于另一个空间，烦恼还在，问题还在，从前放不下的，当你回归旧土，依然放不下。"

她不服气，接着说："在旅行中你可以看见很多不一样的人，认识很多新朋友，听他们的故事会很有收获。"

我接着问："那你们成为朋友了吗？还不是萍水相逢后再无联络。"

朋友一时想不到好的答案，不耐烦地说："你这个人好烦啊，破坏姐的旅行心情，快点儿把地址发过来，我给你寄明信片。"

其实我也一直想不明白，旅行除了见识不一样的风景和世界，还有什么意义。这次来尼泊尔，依然没抱着能想明白什么道理的期望，但这两天下来，不知不觉间心态还是发生了一些变化——

以前自己总是很爱着急，在很多关口都会无比焦虑，看到当地人过着慢生活，自己也尝试着慢下来。然后我发现，慢下来也没有耽误什么。其实有时候只是我们在瞎着急,学业、感情、工作都太急于求成了。慢慢来,不要急,你要相信,在一条路上一直走下去,总有一天会是对的。

一路上观察着当地人,他们最多的三种状态是:坐着发呆,在马路上没目的地走,站在路边看来往的游客。他们很悠闲,不像我们,只要有空闲就低头刷微博、聊微信。

今天一天都浪费在等待上了,上午等航班,航班取消之后只能临时租车去博卡拉,车程将近七个小时。弟弟睡觉时靠在我身上,我使劲儿挺着肩膀,这样他能舒服些,也不至于因为颠簸扭着脖子。

来到酒店时,已经是深夜了,弟弟在大堂里站着睡觉,我办理入住手续。拿到房卡之后,我像拖行李一样拖着弟弟往里走,他笑,我也笑。很多这样的时刻,我们都能快乐地玩耍起来,然后觉得有个伴儿真好。

晚安。

2014 年 8 月 22 日
旅行第四天

在博卡拉几经周折,终于坐上了滑翔伞。半闭着眼往山下跳,乘风飞起来的那一刻，觉得豁然开朗。这段经历很特别，以至于不知道应该用什么样的文字来描述，才能显得不那么普通。

一开始弟弟是完全不想坐的，他说很危险，但真正飞起来之后，他比谁都勇敢。一直向上，高到云里。这让我想到，很多时候，我们只是表面上怯于一件事，等真正迈出第一步后，就会发现原来自己勇敢和强大得多。

在半空中飘着的时候，觉得一切都很静很慢。北京机会和挑战很多，习惯了快节奏和高强度的生活，这一刻突然觉得，放空真好，简单真好。

我们在一处景点雇了一位导游，他从事这份职业十几年了，没离开过这个景点半步。他弟弟以前是在尼泊尔画画的，后来和一位中国游客相爱，移民到北京，再后来成为一名艺术工作者，全家去美国生活了。他指着自己的手表和T恤说这些都是他弟弟带回来的，每年弟弟回家都会给家人带很多礼物，大家都很开心。

我说："那你羡慕他吗？"

他眼睛朝上面看了一下，然后摇头说："弟弟过得很幸福，但我也很幸福啊。"

其实我们都很喜欢谈梦想，然而面对这个话题时，我常常语塞。我尝试着问他："你的梦想是什么？"

他说："我有一个很棒的妻子和两个漂亮的女儿，我希望有一个三居室的房子，最好是两层的，不要太大，够我们一家人住就可以了。现在我快要实现了。"

说完他耸了耸肩，笑了。

后来聊得深入了些，聊到他们国家的影视明星、名牌服装、贵族生活，我发现他对这些很了解，却不向往。他说："每个人的想法都不一样，有的人想过富有的生活，有的人想平凡一点儿，但只要自己开心，那选择就是对的。我就喜欢过简单的日子。"

我们深入当地的巷子，人们抬头看我们。有的老婆婆都八九十岁。小姑娘躲在门后冲我们笑。那个导游很感谢自己现在的生活，在路过的一座神像前虔诚地拜了一下。

下午我们起身前往另一座城市，要开几个小时的车。山路崎岖，车道很窄，一开始我们都很害怕，但看见余晖洒满山谷，水面闪着金光，又忍不住连声赞叹，觉得不虚此行。在破旧的盘山公路上，我们的车开得很快，只感到前所未有的刺激。

在山下的湍流险滩和山上的崎岖道路上以高速闯荡之后，才知道生死之外都是小事。

2014年8月24日
旅行第六天

今天我们去了巴德冈。"巴德冈"在尼泊尔语中是"稻米之城"或"虔诚者之城"的意思，这里的女人大多穿着长袍，眉心有红点，每到有佛像的地方，都要虔诚地拜一拜。

这里也有一个杜巴广场，广场上有很多棕红色的建筑，旁边坐着很多正在恋爱的印度人。他们很害羞，迎面而坐，不牵手，不搂抱，不当众接吻。在阁楼上，搂在一起的情侣看到我们都会赶紧分开，然后低着头不好意思地笑笑。

这一点和我们那边很不一样。在我们身边，恋爱好像是一件轻易的事情，两个人觉得差不多就在一起，觉得不喜欢了就分开。有时看几张照片就可以确立关系，少一件生日礼物就会分手。很多和我年纪相仿的人，已经恋爱了五六次。比起那里的人，我们真的有些浮夸和随意了。

常有人向我抱怨，为什么自己还是单身？真想分分钟就遇到自己的公主或王子。每次听他们这样说，我都保持沉默。对我来说，每天有很多正事要做，好像恋爱也没那么着急。我觉得爱情这种事，不要随便开始，不要急着妥协，因为真正值得拥有的东西都不会那么容易出现。我常对自己说，还是珍惜现在单身的日子吧！我觉得，真正的爱情不是为了填补空虚、排解寂寞，而是为了让彼此感到充实，能够互相鼓舞，一起成长，学会相互体谅。

恋爱不是为了完全依靠对方，也不是为了完全独立，而是能让自己打理好自己，并给对方带来好的影响。

在宫殿里，一位看起来像领导的军人看见了我，问："Chinese?"我点了点头。

他热情地说他很喜欢中国，还在广州待过三年，还说起了尼泊尔的中国军人。告别时他说我很清秀，是典型的中国男孩。

他走之后，我怯怯地拿出手机照了一下自己，嗯，好像有点儿这个意思，哈哈！

下午去了一个在一本尼泊尔旅游攻略书的封面上出现过的地方，发现并不像想象中那样美不胜收。其实人生中有很多这样的时刻，我们总是听别人说某处风景有多么美丽，并对此深信不疑，等满怀期待到了那里之后，又极其失望。

其实不论是风景还是其他什么，别人眼中的终究是别人的。别人说一个人心地善良，你接触之后发现那只是伪装；别人说恋爱满满的都是甜蜜，你恋爱之后发现也有争吵和痛苦；别人说法律热你就学法律，别人说榴梿臭你就一口不吃……在无数个"别人说"之中，我们忘记了亲身体验，学会了随波逐流。我们为自己的每一个决定找到了无懈可击的理由，在面对质疑时，总是习惯性脱口而出："我听别人说……"

其实我是最反对"别人说"的，尤其是在大学里。我们刚进学校时，一些师兄师姐会给我们讲这个、讲那个，无意间就影响了我们的价值观和判断力。我们不能总停留在"别人说"上，真正的结论需要自己去体验然后得出，毕竟道理是道理，人生是人生。

晚上去 ATM 换当地的货币，回到酒店粗略算了算，惊讶地发现花了好多钱。为了不超出预算，我们开始算钱。弟弟这个高考数学满分的笨蛋怎么也算不对，来回换算了好几次，一会儿用人民币算，一会儿用当地货币算，在几千块和几万块里折腾了一个多小时。

我也很奇怪，要么直接按人民币算，算清楚每天预算多少，就去兑换多少；要么就把人民币全部换算成卢比，然后再除以天数得出钱数。这么简单的事，弟弟弄了一个晚上。

不过也好，他跟自己玩的时候，世界都安静了很多。

晚安。

2014年8月25日
旅行第七天

马上要回国了，心情很愉快，想念国内的朋友，也想念家人。昨天在一个名叫 Dream Garden 的餐厅遇见一位新朋友，聊得很开心，有一种他乡遇故知的感觉。更巧的是，吃晚餐时邻座是之前遇见的那两个北大的学姐。

我们第一次遇见是在酒店的餐厅里，听到她们讨论北大，一问，竟是跟弟弟同一个学院的学姐。我们互相推荐了美食、分享了被坑的经历，之后就分开了，没想到在这边还可以遇见。吃完饭她们就去机场了，没有说过多的话，只是彼此祝福，然后告别。

人生中很多相遇都是这样，你以为的莫大的缘分，也不过是萍水相逢、擦肩而过。很多人都没必要靠得太近，每天接触那么多人，不是每一个都要成为朋友。很多人都是一面之缘，不必加微信，也不必交换隐私。与其花时间打理浅交关系，不如读书、运动，和知己聊天、旅行。

能让你在迷茫时仰望星空想念的人，三五个足够了。

马上就要回国了。旅行总是这样，来时惊喜，去时珍惜。感谢这一路看见的风景和遇见的人。不知道还有没有下一次，但这一次已经足够美好。

晚安。

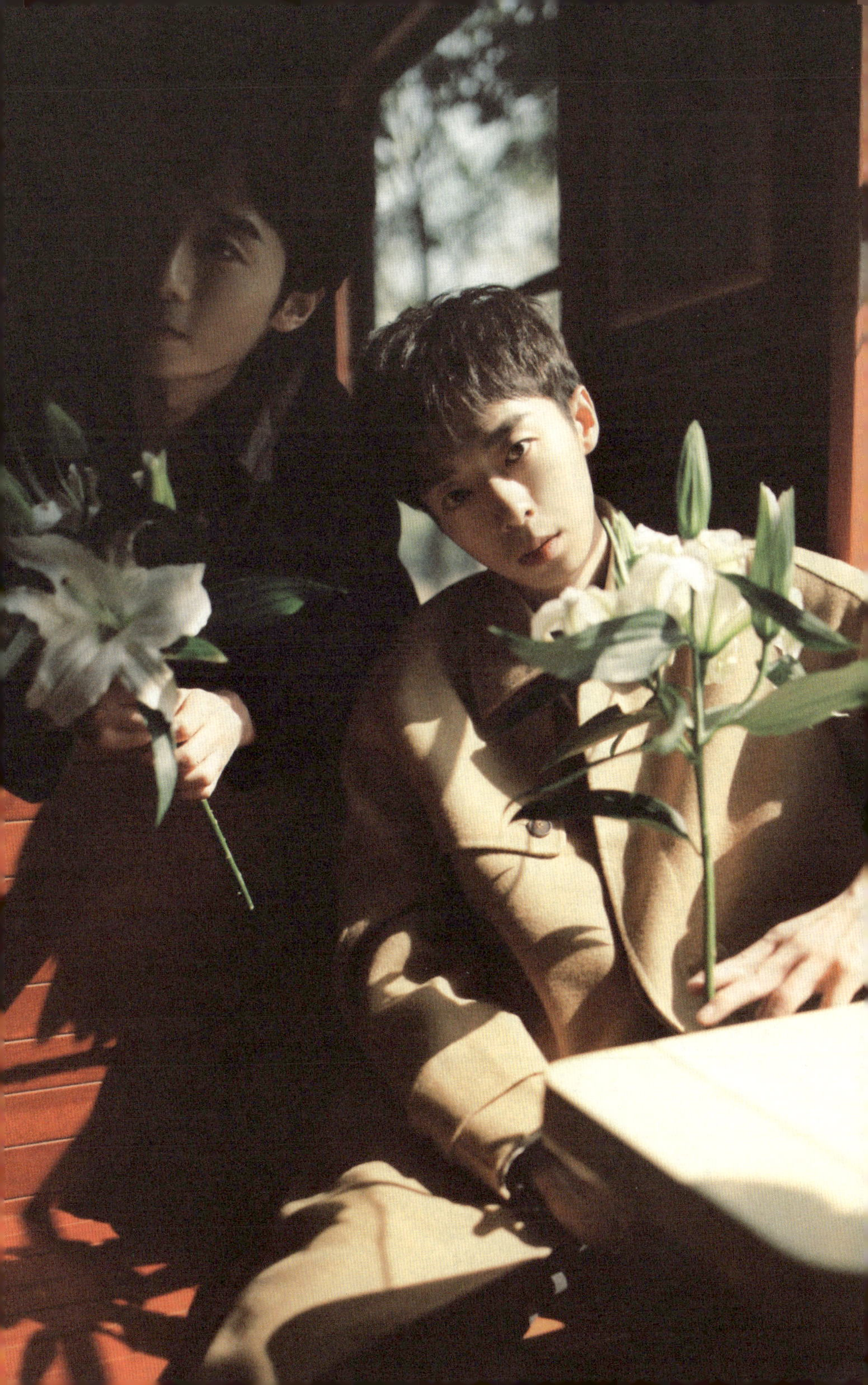

后记

愿我们都有
最好的安排

by 苑子豪

    我今年21岁，单身，身边朋友三五个，念着书，心里还有一个谁也不能浇灭的小梦想。总是对自己不满意，时常觉得迷茫，又总是相信伟大的时光会把我们改造成自己想要的模样。

    2001年，我上小学一年级，上课迟到，下课打闹，乱扔垃圾，还爱在木头课桌上刻很多字。每次生病，喝完蓝瓶的双黄连口服液都会把瓶子保存起来，每写一张愿望小字条，就把它塞进一个玻璃瓶里，攒得足够多了，就埋在教室东边的大槐树下。市领导来学校检查，老师把我们这些淘气的差生赶到学前班做游戏，怕我们在课上出乱子。

    2003年，非典肆虐。那时候我才上小学三年级，胆小怕事。我一度以为有点咳嗽的我要挂了，于是每天拼命吃喝，想不留遗憾，结果最后平安无事。那是我第一次感到有些事情只是我们自己以为不好罢了，其实结局往往没有我们想象的那么糟糕。

2006年，我小学毕业，红榜上我名列前茅。我穿着三道杠的校服，活生生成了"别人家的孩子"。可红榜之外的我却媸得不像样子，胖得立体，侧脸和正脸是一样的形状。那一整个夏天，我都是吃着冰棒吹着吊扇过来的。翻开同学录，看到大家写的几乎都是让我减肥。很多关系不怎么样的女生甚至写道，我不减肥，就不会早恋。那时候我第一次知道，这个看脸的世界多可恶。

2009年，我上高一，在学校里寄宿，第一天就在食堂做的麻婆豆腐里吃出了嚼过的口香糖，以至于现在我每次吃豆腐都会小心翼翼。那时候的我混在人群里没人认得出来，依然很胖，个儿不高，学习成绩平平，每天穿着校服，和大多数同学一样过着无聊的高中生活。文理分科时，我的语文老师跟我讲："选文科，上人大；努努力，考北大。"那天下午的政治课，我整整傻笑了一节课。

2011年，我从一个优哉游哉的小胖子变成了吃饭只用三分钟、课间不休息、晚上熬夜早上又刻苦晨读的所谓"学霸"。那一年我几乎与所有的老朋友、旧同学失去了联络，孤独成为我每天学习之外的必修课程。

2012年，高三下半学期，北大的自主招生给了我巨大的打击，铃声响起时我才意识到没涂英语、历史、政治三科答题卡。这种错误，我这辈子不会再犯第二次。那天晚上我哭得简直像个鬼一样，人生第一次感到无助，明白了但凡美好，都不会唾手可得。

2013年，网上媒体的报道没少让我感到困扰，那些称号让我觉得非常压抑，负面的声音让我感受到了人生的艰难。好在我遇到了你们，我第一次知道，我做不到让所有人喜欢，其实也不必做到。

我想你一定也有被自己困扰的时候，自弃、烦躁、失落，说不出为什么，就想掉眼泪。好像自己的运气总比别人差，事情就是做不好，朋友偶尔背叛自己，还时不时与家里人吵架，身边人匆匆而过，可自己依然单身没遇到真爱。压力大，又无奈，每个安静的夜晚都想把自己不如意的一面彻底撕碎。

嗯，别担心，其实谁都是这样。

我们总会遇到这样或那样的坎儿，看似迈不过去；我们也总会遇到可遇不可求的人，看似遥不可及。不过只要你低着头、咬着牙、硬着头皮往前闯，总有一刻你会感谢那些在黑暗里煎熬的日子。那些看起来艰涩、漫长、疲惫又难以支撑的日子，都是你我拥有的再好不过的时光了。相信经历了这些，我们都会更快地成长。

当有一天，我们被困难击碎之后又得以重建，被孤独驱逐之后又得以重返，被失败嘲笑之后又得以重来，我们就会明白，自己早已刀枪不入。总有一天，我们会发自内心地谢谢伟大的时光，还有伟大的自己。

这本书记录了我生命中出现过的非常重要的人（当然也包括哥

哥和我自己），他们都或多或少地闪着光，在我坚持不下去的时候告诉我，他们就在离我的回忆、我的心脏最近的地方，守护着我。

我相信你的生命中也一定有这样的"先生"和"小姐"，他们可能爱过你，也可能伤害过你，然而这些都不重要，重要的是你们被时光的大风吹散后又能再相遇，嘴角还带着笑，觉得自己更加美好了。

写这本书，是想把我身边的这些人介绍给你，当你读着这一个一个故事时，就会想起自己生命中的那些人，这样也算是我们之间的某种联系了。如果我生命中的这些人可以带给你一种想要去爱的冲动，或者让你有一种悔恨的感觉，抑或是重燃某种执念，那就再好不过了。

愿你始终拥有肯定自己的达观和否定自己的勇气；愿你始终拥有顺应世界的坚忍和改变世界的雄心；愿你始终拥有追逐白日的梦想和守住黑夜的信念；愿你始终拥有独自上路的勇气和抵抗孤独的不屈。

剩下的，好与坏、成与败，通通交给时间来证明吧。

嗯，愿我们都有最好的安排。

我们都一样，
年轻又彷徨

by 苑子文

　　写这篇后记前，我思考了很久，究竟写什么才可以为这段日子画上一个比较完整的句点，后来我恍然大悟，我的想法根本就是错的，因为这世间的很多事情本就没有句点。那些已经过去的日子，其实也没有真的结束，而是渐行渐远，在未来的某一天，会带给你意想不到的东西。

　　暂时的低潮、短暂的打击、持续的平静，都不是坏事，也终会过去，而当你把这些当成生命的礼遇时，会发现，在未来的某一天，再遇到困难时，你会比想象中强大很多。

　　我不知道你是不是也有这样的时候，早上睡过了头，睁开眼发现已经快到中午了，感慨自己懒惰成性，自制力极差。你也曾想过改变自己的状态，下定决心要改头换面，于是列了很多早起计划、必读书目，收藏减肥食谱、旅行攻略，但是你发现，要么是毫无头绪，不知道从何做起；要么是半途而废，根本坚持不下来，于是陷入了一种失落的死循环中。

　　我不知道你是不是也有这样的时候，小心翼翼地经营一段感情、维持一段关系，却发现自己在人际关系方面真的没有天赋，总是一厢情愿地付出，却根本抓不住爱情或者友情的尾巴。一个人很辛苦，两个人怕辜负。全心全意对待所谓的朋友，却总会遭遇背叛、伤害和疏离；一心一意为一个人付出，到头来却发现爱情也不过是合离聚散。你看着别人能言善道，左右逢源，感慨自己又傻又笨，什么都做不好。羡慕别人过着甜蜜的生活，心里想着换成自己该多好啊。

　　我不知道你是不是也有这样的时候，刷喜欢的人的微博，一刷就是好几个小时，沉溺在别人美好的生活里。当你关上手机退回到自己的世界里时，就觉得内心好失落，好像自己和他们离得好远好远。你感叹自己没有好运气，抱怨自己不够努力，但又觉得即使自己拼尽全力，仍然无法靠近别人。最可怕的是，你清楚地知道，除了这些小情绪，自己什么也做不了，因为这世间所有的距离本就是又远又近。

　　如果你有，那么别怕。

　　其实我们每个人都有过这样的时刻，都有过失望、退缩甚至几近崩溃的经历,都有过想蜷缩在某个角落的时候。也许很多人会觉得我的生活非常顺畅、明亮,但其实我也会因为年轻做错事而后悔,也会因为彷徨找不到方向而苦恼。很多个清晨、午后以及深夜,我都和你们一样。

但那又怎么样呢?

我们都不能气馁呀。很多时候我们无法前进,就是因为有太重的畏难情绪,过分关注别人,而忽略了自身的力量。所以,你要时刻提醒自己,每个人都是这样过来的。在这条充满问号和未知的路上,每一个人都不是孤独的。如果你能够明白这个道理,那么就不要消极、不要懈怠、不要放弃,而要加速奔跑,伤后自愈。

我们都要相信,发生过的故事永远不会消失,它们都会以直接或者间接的方式影响着我们的生活,都有所谓的"后续"。我们不应该强调别人有多么风光,以此放大自己的普通和落寞,其实他们也和我们一样,年轻过,彷徨过。我们应该做的,是把握当下,去行动,多做一些事,多尝试一些选择,多留一些回忆,说不定哪天回想起来,自己就被感动了。

写下这篇文字的时候,已经是夜里一点了,距离上一本书出版已过去了整整一年。闭着眼回忆这一年里经历的好的和不好的事情,竟然能很轻松地笑出来。也许成长就是这样的吧,当你经历过困苦也享受了繁华后，就会与自己和解，日后无论遇到什么，都能淡然一笑，不疾不徐地去面对。

　　谢谢你能看到这里，啰啰唆唆地说了这么多，我只是希望这些文字能够温暖你，就像深夜被梦惊醒，喝下一杯温水，然后沉沉入睡。

　　嗯，我们的每一点付出、大多数尝试以及所有的等待，都有意义。你可以看到别人的光芒，但也要相信自己的力量。

　　因为我们都一样，年轻又彷徨。

新版后记

写在五年后：
现在的我依然年轻，也依然会彷徨

by 苑子文

前面那篇文章是五年前我为这本书写的后记，当时人生阅历太浅，只是模糊地得出了这些个因为不太自信所以很努力地在论述的结论。若干年过去了，编辑告诉我这本书要再版，于是我不得不重新审视这本书。当过往的日子犹如放电影般在眼前一镜到底似的重演时，我发现以前写的这些话竟是如此应景。

完成这部作品的时候，我还是一个没什么市场影响力的大学生，战战兢兢，青涩无比。当时不知道要写什么，借着年轻的那股子冲劲儿，没日没夜地敲键盘，写完打印出来就往隔壁学校跑，找同学帮我提意见、筛选。地铁4号线转10号线，我抱着一个密密麻麻全是字的笔记本，去出版社和他们一起围读开会，那时候，我既兴奋又紧张。

几年前的春天,当我终于完成了这本书,试图给这段无比难熬的日子画一个句点时,我却犹豫地写道:"那些已经过去的日子,其实也没有真的结束,而是渐行渐远,在未来的某一天,会带给你意想不到的东西。"

不得不说,那时的我是真的年轻,也是真的彷徨。我不敢对过去的这部分人生做任何归纳,下个结论,我只是隐约感觉到,我此刻正在做的事情,好像与想要的未来有关。

而今,我刚刚过完26岁的生日,回首往事,确实,已经过去的日子真的并没有结束,我正在以一个"百万畅销书"作家的身份,重新审视当时以为没什么人看的图书。因为经历了上百场的访谈、见面会,我不再害怕站在台前演讲。而随着毕业、工作,不同人生阶段的不断切换,我也慢慢有了自己想要表达的内容和方向。

好像一切在沉淀之后都变得自然顺畅起来,当人生观一点点被塑造成形时,我的人生也就有了清晰的眉目和更大的可能性。

以前的每一步,都确确实实得算数。

所以,今天我写下这段文字,除了与读到这里的你分享外,也是想告诉自己,成长就像是铺路,有的人运气好,不费什么力气就可以铺得平整、美观,但有的人却不得不接受天然形成的转弯、高地,甚至是半途中的一些突发状况。但不管怎样,我们都要一点点铸石铺路，只有这样才能走到更远的地方。

　　曾经的我年轻又彷徨，很多事情无法判断，不敢沾沾自喜，也不敢垂头丧气。心里有很多问题困扰着我，但又觉得弄清楚了也没有意义，纠结、拧巴、挣扎、迷茫……

　　现在的我依然年轻，也依然会彷徨，但随着生活经验越来越丰富，不断跌倒又重新爬起，渐渐地能以平常心来接受现实，然后继续往前走。我大概懂得了，接受自己的闪光点，接受自己的平庸，也要接受年轻时的彷徨，接受成长中的沧桑。不庸人自扰地往前走，自会得到人生更完整的答案。

　　我们都一样。

2019 年 8 月 7 日